Karl Schreibelmayr

Gesammelte Dorfgeschichten

Zweites Buch mit heiter-besinnlichen Erzählungen

Verlag Denkmayr Linz

Illustriert mit orig. Defner-Fotos

ISBN: 3-901838-71-6

Gesamtherstellung:
Druckerei Ernst Denkmayr GmbH, Katsdorf · Linz · Wels

Printed in Austria 2000

Karl Schreibelmayr

GESAMMELTE DORFGESCHICHTEN

ZWEITES BUCH MIT
HEITER-BESINNLICHEN ERZÄHLUNGEN

Inhaltsverzeichnis

Alle in den Dorfgeschichten vorkommenden Namen sind frei erfunden und stehen in keinem Zusammenhang mit irgendwelchen Personen.

Georgi

Heute ist Georgi und nach altem Fug und Recht geht man ab diesem Tag nicht mehr über die Wiesen, um deren Wachstum nicht zu stören. Das weiß nicht nur der Pfarrer Justl, sondern alle Leute und die Landbevölkerung erst recht.

Hochwürden geht in der Küche des Pfarrhauses nervös auf und ab. Sein Kopf ist rot und die Zornesadern an seinen Schläfen sind bedrohlich angeschwollen. Er unterbricht sein Hin- und hergehen nur, wenn er Atem schöpfen muß. Die Frau Bauchinger, seine Köchin, macht am Herd den Abendkaffee und läßt sich nicht drausbringen.

„Warum?", poltert der Pfarrer Justl, „kann die Res, dieses Rührscheit, die althergebrachte Regel nicht einhalten? Ich habe genau gesehen, wie sie über die Pfarrwiese getrampelt ist. Leider mußte ich gerade in die Kirche um dem Flickschuster Matthias, der endlich zu seiner Frühjahrsreinigung bereit war, die Beichte abnehmen, sonst hätte ich ihr gleich an Ort und Stelle die Leviten gelesen. Sie, die Res, die seit undenklichen Zeiten zwischen Altar und Sakristei hin- und herhuscht, hurtig wie eine Maus, und alles sofort richtet, wenn ich und meine Ministranten beim Schreiten im geringsten wo anstreifen, also päpstlicher als der Papst ist, zertrampelt mir die Wiese! Haben Sie, Frau Bauchinger, dazu Worte?"

„Nein, Herr Pfarrer, dazu habe ich keine Worte!“

„Was?“, schreit der Justl, „dazu haben Sie keine Worte? Warum nicht?“

„Weil ich es nicht verstehe. Und was ich nicht verstehe, kann ich nicht beurteilen. Natürlich rennt man um Georgi nicht mehr durch die Wiesen und schon gar nicht, wenn es sich um die Wiese des Pfarrers handelt. Aber weiß der Teufel, vielleicht hatte die Res einen Grund dazu? Soll ich den Kaffee auf die Veranda bringen oder trinken ihn Hochwürden gleich hier in der Küche?“

„Auf die Veranda und zwei Kipferl dazu!“, kommandiert der Pfarrer und begibt sich nach dort um bei seinem geliebten Kaffee die Erregung niederzukämpfen. Eine Amsel beginnt soeben ihr Abendlied und der Justl taucht das erste Kipferl im Kaffee ein. Er schmunzelt sogar ein wenig dabei. Weil er imgrunde ein seelensguter Mensch ist, hat er die Res schon fast wieder vergessen. Aber was ist das? Er traut seinen Augen nicht. Da rennt sie ja schon wieder durch die Wiese, direkt auf das Pfarrhaus zu!

„Herr Pfarrer, Herr Pfarrer!“, ruft die Res im Näherkommen, „Sie müssen nun doch kommen; ich wollte Sie nicht stören, weil es ihm wieder besser gegangen ist. Aber jetzt redet er immer vom Sterben, mein Mann, und will die Sakramente. Er sagt zwar, daß er morgen in die Stadt muß zum Notar wegen dem neuen Pachtvertrag, über den er sich so aufregt, aber wenn er vorher doch sterben sollte, möchte er auf alle Fälle versehen werden. Was, Herr Pfarrer, soll ich tun?“

Baff erhebt sich der Pfarrer Justl; aber schnell hat er sich in der Hand und verkündet: „Nichts können wir sonst tun, Res, versehen müssen wir ihn natürlich, man kann ja nie wissen!“

Nach zwei Minuten ist der Pfarrer zum Versehgang bereit. Im wallenden Talar eilt er der Res nach – mitten durch die Pfarrwiese.

Die Zugverspätung

Der Flickschuster Matthias und seine Frau rüsten zu einer Wallfahrt. Da beide nicht mehr so gut bei Fuß sind, wird beschlossen, zwei bis drei Stationen mit dem Zug zu fahren. Es ergeben sich dadurch jetzt zwei Möglichkeiten: Entweder einen etwas längeren Fußmarsch und nur zwei Stationen mit dem Zug oder den kürzeren Weg und dafür etwas länger im Zug. Für Matthias und seine Frau Rosa eine schwere Entscheidung. Der Flickschuster möchte den kürzeren Weg und etwas länger beim Zugfenster hinausschauen und die Rosa das Gegenteil. Sie steht auf dem Standpunkt, daß man bei einer Wallfahrt schon eine kleine Mühsal auf sich laden sollte.

In Wirklichkeit hegt sie den Gedanken, durch das eingesparte Geld bei den Standln vor der Kirche etwas für sie persönlich ergattern zu können; etwa während ihr Mann im Wirtshaus den Bierkrug zu seinen Lippen emporhebt. Die Meinungen zwischen den beiden gehen hin und her.

Schließlich gibt der Matthias, wahrscheinlich auch irgend einen Hintergedanken bezüglich Wirtshaus im Kopf, nach. Er verkündet:

„Rosa, bei einer Wallfahrt darf man sich nicht zanken! Wir gehen den längeren Weg !“

Dankbar schaut die Rosa ihren Mann an und friedlich gehen sie nun die Feldraine entlang. Die Sonne steht schon ziemlich hoch, nachdem die beiden die Station erreichen.

Unterwegs haben sie sich keine Ruhepause gegönnt, aus Angst, den Zug zu versäumen. Nun sitzen sie da und ringen nach Luft. Nachdem sie sich einigermaßen beruhigt haben und der mächtig rinnende Schweiß endlich aufgetrocknet ist, beginnt der Matthias, alle Augenblicke seine Taschenuhr zu ziehen, den silbernen Deckel aufspringen zu lassen und festzustellen, daß der Zug eigentlich schon da sein müßte.

„Zumindest sollte das Signal längst da sein und der Schranken herabgehen!“, konstatiert der Flickschuster.

Aber die Zeit geht hin und kein Zug ist in Sicht. Die beiden können nicht mehr sitzen und gehen unruhig am Bahnsteig auf und ab. Wortkarg. Da kommt plötzlich ein Autobus die Straße entlanggefahren und bleibt direkt vor dem Bahnsteig stehen. Der Fahrer springt heraus und winkt dem Matthias und der Rosa. Näherkommend sagt er mit wichtiger Miene: „Dies ist ein Schienenersatzverkehr! Steigt ein! Der Zug ist entgleist! Gleich nach der Abfahrt von der letzten Station ist die Lokomotive aus den Gleisen gesprungen! Steigt ein, damit wir nicht noch mehr Verspätung zusammenbekommen!“

Trotz offener Münder sind der Flickschuster und seine Frau keiner Worte fähig. Aber sie gehorchen und klettern in den Autobus. Drinnen werden sie von den grinsenden Gesichtern der Krämer-Hanni, der Mally und der Res empfangen und stolz wird den beiden berichtet, daß die Zugentgleisung wohl ein großer Schrecken war, aber dafür war sofort ein Reporter da, der alles fotografiert hat. Auch von den Fahrgästen wurde zur Erinnerung ein Gruppenfoto gemacht und jeder der Beteiligten bekommt eines. Und dann erst die Berichte in den Zeitungen. Die Gesichter des Matthias und seiner Frau werden immer länger. Nach Verlassen des Autobusses wird am Weg zur Wallfahrtskirche und sowieso noch den ganzen Tag nur noch von der Zugentgleisung gesprochen und von den Helden, die dabei sein durften.

Für den Flickschuster und seine Frau ist die ganze Wallfahrt verpatzt. Am Heimweg streiten die beiden wie die Rohrspatzen. Eines gibt dem anderen die Schuld zu diesem Versäumnis. Schließlich wird der Rosa die ganze Sache zu anstrengend und sie läßt ausnahmsweise einmal dem Matthias das letzte Wort. Dieser, stutzig über die generöse Anwandlung seiner Frau, biegt den Schlußsatz, den er schon auf den Lippen hat, im letzten Augenblick dahin zurecht, indem er verkündet:

„Schau Rosa, ich wäre auch gerne einmal in der Zeitung gestanden. Aber alles kann man eben nicht haben. Dafür haben wir auf alle Fälle überlebt und die anderen nur zufällig!"

Die Fliege

Der Ferdl mit dem Holzfuß und der großen Glatze ist heute nicht recht gut beisammen. Den ganzen Tag plagen ihn schon heftige Kopfschmerzen. Im Moment liegt er am Sofa, in der Hoffnung, vielleicht etwas schlafen zu können. Dieser Wunsch ist ihm sogar in Erfüllung gegangen, denn im nächsten Augenblick setzt ein heftiges Schnarchen ein, daß einem das Gruseln kommen könnte. Überhaupt scheint mit dem Ferdl wieder alles soweit in Ordnung zu sein; denn ein Lächeln ganz seltsamer Art geht über sein Antlitz. Das kann nur von einem Traum herkommen. In der Tat träumt der Ferdl mit dem Holzfuß und der großen Glatze seinen Lieblingstraum. Er träumt vom Krieg und zwar diesmal, daß er zum General befördert wurde. Da kommt eine Fliege und krabbelt in seinem Gesicht herum. Jäh setzt das fürchterliche Schnarchen aus, der Ferdl reißt die Augen auf und schaut entsetzt herum. Die Fliege surrt im Raum.

„Verdammtes Biest! Ist einem denn überhaupt nichts mehr gegönnt?“ Der Ferdl tappt umsonst herum; er erwischt die Fliege nicht. Dafür gelingt es ihm aber, doch noch einmal kurz einzunicken. Wieder kommt ein Traum über ihn; und wieder ist er im Krieg. Aber diesmal, vielleicht durch die Verärgerung von vorhin noch nicht ganz zur Ruhe gekommen, fällt der Traum nicht so glorreich aus. Der Ferdl liegt nämlich im Lazarett und leidet. Da kommt wieder die Fliege und setzt sich auf seine

Nase. Der Ferdl wird wach. Zuerst ist er ganz erbost, daß ihn das verdammte Biest von einer Fliege zum zweitenmal aus dem Schlaf gerissen hat, aber gleich darauf ist er froh, daß er das Lazarett so schnell wieder verlassen konnte. Dann schaut er sich nach seinem Quälgeist um. Ja richtig, dort am Pfeifenständer sitzt die Fliege und putzt sich die Flügel.

Der Ferdl schleicht sich hin. Die Fliege bleibt unbekümmert sitzen. Während er noch denkt „Jetzt hab ich dich", springen plötzlich seine Gedanken um. Der Ferdl greift nach seiner Sonntagspfeife, die mit der grünen Quaste, setzt sie in Brand und schmaucht gemächlich dahin.

Die Fliege mag den Rauch nicht und nimmt Reißaus. Der Ferdl lacht ihr nach: „Du hast mich aus dem Lazarett erlöst und ich hab Dir durch den Rauch meiner Pfeife ermöglicht, weiterhin in den Tag hineinzusummen!"

Zeiten im Frühling

Da gibt es im Dorf einen Auszugsbauern; den alten Bismarck. Seinen richtigen Namen kennt fast niemand; da müßte man schon auf die Gemeinde gehen und nachfragen. Aber warum gerade ‚Bismarck'? Das ist so hergegangen: Der alte Bauer ist groß und stattlich, hat eine vorgewölbte Stirn, hinter der sich ganze Gebäude von Gedanken auftürmen und einen Blick wie ein Fürst. Da seine äußere, kraftstrotzende Erscheinung jedoch mit seiner tatsächlichen Gesundheit nicht ganz übereinstimmt, bedeckt der alte Bauer seinen massigen Körper seit vielen Jahren mit einem riesigen Militärmantel mit Achselklappen, vergoldeten Knöpfen etcetera, etcetera. Er braucht den Mantel gegen die Gicht, die ihn am ganzen Körper peinigt. Da ihm die Schmerzen aber auch am Kopf keine Ruhe lassen, hat er sich vor langer Zeit schon eine Haube zugelegt, die durch Schweiß, Hitze, Kälte, Staub und so weiter zum Helm erstarrt ist; zu einer Art Pickelhaube. Nunja, deshalb nennen ihn alle den alten Bismarck. Ist ja keine Schande, so genannt zu werden, zumal scheinbare Härte nach außen von seinem weichen, inneren Wesen, das alle kennen, Lügen gestraft wird. Es gibt nämlich keinen Menschen im Dorf, der gutmütiger und beliebter wäre als der alte Bismarck. Dieser Umstand zwingt ihn sogar, manchmal zu poltern, weil sonst seine Gutmütigkeit allzusehr ausgenützt würde. Durch eine frühe Hofübergabe vor nunmehr sehr langer Zeit hat er sich noch eine eigene Welt aufbauen können, in der die Freiheit über Tun und Lassen die größte Rolle spielt.

Heute ist in der Stadt Wochenmarkt; denn es ist Dienstag. Jede Woche an diesem Tag steht der Bismarck sehr früh auf, spannt seinen alten Fuchsl vor das Steyrerwagerl und rollt peitschenknallend zum Dorf hinaus. Aber heute ist nicht nur Dienstag, sondern außerdem ein Frühlingsmorgen mit einer Pracht und Herrlichkeit, wie ihn ein Maler unmöglich darstellen könnte. Die Luft ist klar wie Kristall und in der puren Schönheit des blauen Himmels steht hoch oben die Lerche und verkündet einen verheißungsvollen Tag.

Nach uralter Gewohnheit steigt der Bismarck bei der Krämer-Hanni kurz vom Wagen, klopft mit dem Peitschenstiel energisch an die Ladentür, geht mit großen Stiefelschritten ungeduldig hin und her und befiehlt der endlich aufmachenden Hanni ins verschlafene Gesicht: ‚Einen Schnaps, Hanni!' Die Hanni hat Flasche und Glas bereits in der Hand, denn sie weiß, daß Dienstag ist. Nachdem sie dem alten Bismarck eingeschenkt hat, presst sie die Flasche an ihre noch spärlich bekleidete Brust. Dann wartet sie noch den Blick des Mannes auf Flasche und Brust ab, nimmt das leere Glas entgegen und erhebt schelmisch abwehrend den Zeigefinger. Erst nach diesem, sich seit vielen Jahren stets wiederholendem Ritual, besteigt der Bismarck wieder sein Steyrerwagerl und setzt die Fahrt fort. Die Hanni seufzt glücklich: ‚Bin ich froh, daß es einen Bismarck, einen Ferdl mit dem Holzfuß und der großen Glatze, einen Flickschuster Matthias, einen Pfarrer Justl und noch einige andere solcher Lackeln gibt!' Dann legt sich die Krämerin wieder nieder; sie will noch ein bißchen dösen und vom Frühling träumen.

Das Steyrerwagerl rollt dahin, einmal schneller, dann wieder langsamer; wie es dem alten Fuchsl halt gerade gefällt. Der Bismarck bestaunt die Schlüsselblumen, wie sie sich im Morgenwinde bewegen und seit einer Woche schon wieder um so vieles größer geworden sind. Dann kommt er zu seiner zweiten Station. Es ist ein altes aufgelassenes Gasthaus; aber die Wirtin hat das Schnapseinschenken noch nicht verlernt. Ganz im Gegenteil. Mit zwei Gläsern – eines davon für sie selbst – wird der Bismarck bereits vor der Haustür erwartet. Es ist derselbe Auftritt wie bei der Hanni, nur mit dem kleinen Unterschied, daß der alte Bismarck die Wirtin, die keine Hand frei hat, weil sie in jeder ein leeres Glas halten muß, schnell und lachend an sich presst. Die Wirtin kann ihn daher nur flüchtig mit dem Ellbogen abwehren und das tut sie, denn sie weiß, was Anstand heißt. Sie steht mit den zwei leeren Schnapsgläsern da und schaut dem Gefährt nach: „Pratzen hat der, mein Gott, hat der Pratzen. Ich glaube, daß nicht einmal der richtige Bismarck solche Pratzen gehabt hat. Außerdem, was hätte es mir genützt, wenn ich auch damals gelebt hätte? Der war ja sowieso die meiste Zeit in Berlin!“

Da nähern sich schlurfende Schritte. Ihr Mann lallt: „War der Bismarck schon da?“

„Ja, siehst Du denn nicht? Dort fährt er!“

„Warum hast Du mich nicht gerufen? Er hätte mir doch Abadie vom Hauptverlag mitnehmen sollen. Die Hanni hat doch nie ein gescheites Zigarettenpapier!“

„Wozu brauchst Du Abadie? Du hast einen ganzen Ständer voll stinkender Pfeifenröhrln mit den weißen Köpfen und Wassersäcken daran, die noch ärger stinken wie die Klosettmuscheln in der Stadt. Dort stopfe Deinen Eigenbau hinein, dann brauchst Du keine Abadie!"

„Lauf ihm nach, er soll mir Abadie aus der Stadt mitnehmen", bohrt der Mann weiter.

„Bist Du wahnsinnig geworden? Glaubst Du, ich laufe einem Mannsbild nach? Glaubst Du, ich habe überhaupt keinen Anstand?" Dann geht sie ins Haus.

Der alte Bismarck ist glücklich. Er tändelt mit der Peitsche am Hinterteil des Fuchsl. Dann wieder betrachtet er den Dung auf den Wiesen neben der Straße und den Dampf, der daraus in der Morgensonne aufsteigt und die Tautropfen, die noch daran hängen und er saugt begierig alle Düfte ein, die dieser Frühlingsmorgen beschert. Und da vorne jetzt die Schulkinder: „Bismarck! Bismarck! Bismarck!"

In ausgelassener Freude wird das Steyrerwagerl gestürmt, wie übrigens jeden Dienstag, und im Nu ist die kleine Ladefläche, die sogenannte Lade hinter dem Kutschbock, mit Jugend angefüllt. Die keinen Platz mehr gefunden haben, rennen so hinterher, denn mit dem alten Fuchsl kann man leicht Schritt halten. Der Ehrenplatz ist natürlich vorne am Bock neben dem Bismarck. Um dort sitzen zu können, hat es schon kampfzerschundene Nasen gegeben. Das Gespann hat sich schon längst wieder in Bewegung gesetzt, da bemerkt der alte Bismarck erst, wer heute den Platz neben ihm erobert hat.

„Ja Res, von wo kommst denn Du her? Ich hab Dich gar nicht gesehen!“

„Von zuhause komme ich, muß in die Stadt zur Schneiderin und außerdem siehst Du nie das, was Du sehen sollst, weil die Dummheiten in Deinem Kopf immer größer werden, je älter Du wirst!“

Dann brummt die Res noch allerlei anderes Zeug daher, aber der Bismarck achtet nicht darauf.

Er wendet sich zu den Schülern: „Los, prüft mich!“

Jeder schreit gleich drei Fragen auf einmal hinaus:

„Der längste Strom der Welt? Der höchste Berg? Die kleinste Stadt?“

Der Bismarck kann alles beantworten, weil es immer die gleichen Fragen sind und er in den Jahren, seit er die Schulkinder jeden Dienstag aufsitzen läßt, viel dazugelernt hat.

Die Res will immer etwas sagen und wird schon ganz fuchsteufelswild, weil sie den unbeschreiblichen Lärm nicht durchdringen kann. Der Bismarck schmunzelt, denn er weiß genau, welche Attacke die Res heute wieder einmal im Schilde führt. In der Stadt geht dann alles recht schnell. Manche Kinder sind schon früher abgesprungen, weil sie nicht zu spät zur Schule kommen wollen. Andere hängen der Res mit einer Sicherheitsnadel noch schnell einen ausgetrockneten Rattenschwanz hinten an den Mantel. Der Bismarck strebt dem Wochenmarkt zu und die Res, wissend, daß bei dem Alten jetzt sowieso Hopfen und Malz verloren ist, macht sich auf zu ihrem angeblichen Besuch bei der Schneiderin.

Der alte Bismarck wird von links und rechts ehrfürchtig gegrüßt. Er genießt seine Popularität. Ein Wochenmarkt ohne Bismarck wäre kein Wochenmarkt. Dabei tut er rein gar nichts. Er ist nur da, klopft alten Bekannten auf die Schultern, geht umher und schaut vergnügt drein, das ist alles, und dennoch so viel. Aber heute, obwohl der Tag so schön angefangen hat, will ihm das vergnügte Dreinschauen gar nicht recht gelingen. Nachdem er dem Fuchsl den Hafersack umgehängt hat, steht er da und seine aufkommenden Gedanken werden immer schwerer. Unbeweglich, wie eine Litfaßsäule, steht der Bismarck mitten in der Menge, ohne die Menge zu spüren. Er weiß, wer wieder einmal aus purer Nächstenliebe ihn pflegen, umsorgen und seinem gebresteten Körper die Krankheiten fernhalten möchte, die Pickelhaube waschen und die Achselklappen an seinem Militärmantel festnähen möchte. Er weiß auch, daß keine berechnenden Hintergedanken dabei sind und daß dies tatsächlich aus dem Erbarmen heraus geschehen würde. Aber gerade deshalb tut dem alten Bismarck das Herz so weh. Ihm, dem liebenswürdigen Menschen, fällt es aufrichtig schwer, die helfende Hand zurückweisen zu müssen. Aber er muß sie zurückweisen, denn die Unfreiheit würde ihn mit Sicherheit rascher töten als seine Freiheit mit den zerrissenen Achselklappen und der ungewaschenen Pickelhaube.

„Aus basta; außerdem sieht man auch bei etwas, was man wieder annäht, hinterher die Nähte. Warum also darf eine Achselklappe nicht herabfallen, wenn es soweit ist? Warum muß sie unbedingt künstlich befestigt werden? Neu wird sie nie mehr!“ Der alte Bismarck hat endlich seinen Entschluß gefaßt.

Am Heimweg wartet schon die Res auf ihn. Einsilbig sitzen die beiden nebeneinander. Eine große Müdigkeit geht vom ganzen Gefährt aus. Beim großen steilen Berg steigt der Bismarck ab und geht nebenher, um den alten Fuchsl zu schonen. Der Res bleibt nichts anderes übrig, als dasselbe zu tun, aber sie kann es sich nicht verkneifen und schimpft zu ihm herüber: „Ist das notwendig?“

„Ja, es ist notwendig, weil ich es schon immer so gemacht habe! Wenn wir uns hinaufziehen lassen, könnte dies für den alten Fuchsl den Tod bedeuten!“

Es wird nichts mehr gesprochen. Die beiden verstehen sich auch ohne Worte.

Bei der Res angekommen, steigt der Bismarck ab, geht herum, reicht ihr die Hand und hilft ihr wie ein Kavalier der alten Schule vom Bock.

„Weißt Du, Bismarck, schätze mich nicht zu edelmütig ein. Ich glaube, ich hätte es auch deshalb getan, weil ich die Einsamkeit so fürchte!“

„Jaja“, brummt der alte Bismarck in sich hinein, „deshalb ist mir ja der Entschluß so schwer gefallen, weil ich nicht helfen kann.“

Die Ohrfeige

Der Herr Dorfschulmeister ist ein sehr nervöser Mann. Wahrscheinlich haben ihn die Schüler im Laufe der Jahre soweit gebracht oder seine überschulmeisterliche Gattin; man weiß nicht genau, wo die Quelle seiner Konfusität liegt. Jedenfalls wird es mit dem Schulmeister immer ärger. Von einer Zurückhaltung seiner Zornesausbrüche kann schon lange keine Rede mehr sein. Das Geringste bringt sein Häferl zum Sieden, wenn er auch nachher das Überlaufen hundertmal bereut.

Heute ist wieder einmal ein ganz gefährlicher Tag für ihn. Vormittags war unangemeldet der Schulinspektor da und die Schüler haben sich dümmer gestellt als sie sind.

Besonders vom Ernstl ist der Herr Schulmeister enttäuscht, der sonst einer der vifsten ist. Entweder war dieser Lauser so boshaft oder ebenfalls verdattert wie der Schulmeister. Wer kann dies ermessen? Jedenfalls steht er jetzt mit dem Bürgermeister und dem Gemeindesekretär vor dem Schulgebäude und regt sich furchtbar auf, weil die Gemeinde auf einmal eine Straßenbegradigung will und der Vorplatz vor der Schule dafür geopfert werden muß. Der Vorplatz, das allerwichtigste, wenn die Schule aus ist und die Schüler hinaustoben wie freigelassene Hummeln, soll verschwinden? So ein Aberwitz! So eine Hirnrissigkeit! Ja sind denn die Herren nicht selbst auch einmal in die Schule gegangen? Haben sie denn alle vergessen, was Kindern neben dem Lernen und Gescheitwerden nottut?

Das eine steht fest. Der Herr Schulmeister ist nicht nur Pädagoge, sondern auch ein Mensch, dem das Mitfühlen trotz seiner hochgradigen Nervosität nicht verlorengegangen ist. Deshalb regt er sich nun so auf und schimpft die zwei Gemeindeoberen zusammen wie bei einem Fünfer nach schlechter Schularbeit.

In dieser Rage taucht auf einmal der Ernstl auf, grinsend von einem Ohr zum anderen und stellt sich glatt zu den Herren dazu, um mit seinem stets neugierigen Ohr zu horchen.

Der Schulmeister fährt ihn an: „Geh weg!“

Der Ernstl rührt sich nicht vom Platz und bleibt felsenfest stehen, denn sein Vater ist ja der Sekretär. Die Zornesader des Schulmeisters schwillt an wie ein Heidelbeerstrudel. Wie eine Mauer stehen die drei vor ihm. Da zuckt seine Hand und trifft – natürlich den Schwächsten, den Ernstl. Dieser plärrt laut auf und flüchtet zu seinem Vater.

Lauthals schreiend hebt er dem Sekretär seine bis zum Rand gefüllten Nasenlöcher entgegen und verlangt auf der Stelle eine Erklärung, warum er geohrfeigt wurde. Der Sekretär hebt die Achseln. Darauf tritt eine große Stille ein. Schließlich gehen die vier auseinander. Jeder in einer anderen Richtung und jeder mit seinen Gedanken. Ganz in seinem Innersten denkt der Ernstl bei sich: „Warum habe ich unseren Schulmeister, der mit uns durch dick und dünn geht, heute vormittags verraten? Warum habe ich mich dumm gestellt, wie der Inspektor, dieser Pinsel, da war?“

Der Ernstl ist froh, daß er dafür zumindest eine Ohrfeige bekommen hat.

Der Schmied

Der Herr Doktor Knapp steht mit dem Herrn Bürgermeister vor dem Doktorhaus. Beide sind in einem intensiven Gespräch vertieft.

„Wissen Sie, Herr Bürgermeister, schon lange hege ich die Absicht, mein verlottertes Gartentürl durch ein prächtiges, schmiedeeisernes Tor zu ersetzen. Sie wissen ja, ein bißchen repräsentieren muß man. Ihr habt ja auch das Gemeindeamt vor kurzem renoviert und zu einem Ort des höheren Respektes erhoben. Außerdem wollen die Leute das so. Einen feschen Pfarrer, einen immer gut angezogenen Lehrer, einen diskreten Zechpropst, der es nicht sofort an die große Glocke hängt, wieviel Opfergeld wirklich im Klingelbeutel landet, eine ehrliche Krämerin, die nicht die Waagschale als Rastplatz ihrer Hand betrachtet und so weiter und so weiter. Mein Problem ist, daß ich im weiten Umkreis keinen Kunstschmied kenne, der mir, ohne mich auszurauben, ein passables Tor macht. Wissen Sie vielleicht jemanden?“

Der Bürgermeister streicht sich nachdenklich das Kinn und macht bei der Gelegenheit einen Rundblick im Doktorgarten. Sein Blick geht über die Birnenbäume, dann zum Elsternnest – endlich weiß er, wo diese Biester nisten, die ihn jeden Morgen aus dem Schlaf wecken – und wieder zurück zum Herrn Doktor Knapp, der schon etwas ungeduldig wird.

„Naja, Herr Doktor, wenn ich ganz ehrlich bin, weiß ich auch niemanden im Moment; aber ich könnte über die Gemeinde Erkundigungen einholen."

Da steht plötzlich der Ferdl mit dem Holzfuß und der großen Glatze neben den beiden und mischt sich in das Gespräch: „Wie ich höre, sucht man einen Schmied."

„Einen Kunstschmied", verbessert der Bürgermeister vorbeugend, der die gefährliche Zunge des Ferdl kennt.

„Jaja, Herr Bürgermeister, ich weiß schon, was Sie abkürzen wollen und ich bin auch für das Abkürzen und nicht für die langen Worte und deshalb mache ich den Herren einen ganz einfachen Vorschlag."

„Und der wäre?", räuspert sich der Doktor Knapp und legt seine Stirn in drohende Falten.

„Ganz einfach wäre das!", spricht der Ferdl und steht breitspurig da: „Sagt unserem Dorfschmied, er soll für das Doktorhaus ein schmiedeeisernes Gartentor machen mit einigen Schnörkeln darin und wartet ab, was herauskommt. Ich bin überzeugt, daß der Schmied für die Ehre, die ihm dabei erwiesen wird, sein Bestes geben wird und ein Meisterwerk liefern wird."

Der Herr Doktor und der Bürgermeister schauen den Ferdl mit dem Holzfuß und der großen Glatze verblüfft an und dann beginnen sie gleichzeitig lauthals zu lachen.

„Ja Ferdl, bist Du denn von allen guten Geistern verlassen? Unser Schmied ist ein redlicher Mann, wohl wohl, niemand im Umkreis beschlagt die Rösser so gut wie er, das wissen wir. Aber was wir suchen, das ist ein Kunstschmied."

„Wie könnt ihr wissen", wettert der Ferdl, der sich vor der Obrigkeit noch nie ein Blatt vor den Mund gehalten hat, „daß unser Schmied kein Künstler ist, wo man ihm noch nie einen Kunstauftrag gegeben hat? Gebt ihm die Möglichkeit und alles weitere wird sich erweisen. Soviel ich den Schmied kenne, wird er keinen Groschen verlangen, wenn das Tor nicht entsprechen sollte. Er wird das Gestänge wieder auseinanderreißen und für was anderes verwenden, jawohl, das wird er, unser Schmied, denn er ist ein ehrenwerter Mann. Und noch etwas, meine Herren! Wenn das Tor etwas wird, was ich keinen Augenblick bezweifle, wird es reihum gehen, daß unser Herr Doktor mit der Auffassung „im eigenen Land gilt der Prophet nichts" gewaltig aufgeräumt hat. Wäre das nicht etwas? Herr Doktor? Herr Bürgermeister?"

Gewaltig aufstampfend entfernt sich der Ferdl mit dem Holzfuß und der großen Glatze, ohne sich noch einmal umzusehen, denn sein Groll ist groß. Schweigend schauen der Doktor Knapp und der Bürgermeister dem Ferdl nach.

„Der einfache Mund spricht auch oft Wahres", bemerkt der Doktor und schaut recht baff drein.

„Nun ja", pflichtet ihm der Bürgermeister bei, „was der Ferdl weiß, wissen wir selbst auch, aber man kann nicht alles, was man weiß, auch tun."

„Wissen Sie was, Herr Bürgermeister? Ich tue es! Unser Schmied bekommt den Auftrag. Wenn es nichts wird, bekommt er trotzdem sein Geld – ich lasse mich nicht lumpen; und das Gitter soll dann hinten den Hühnerstall absperren. So, aus basta und wir brauchen keinen Künstler mehr suchen.“ Lachend gehen die zwei Honoratioren auseinander.

Der Schmied ist glücklich. Das ganze Dorf weiß, woran er den ganzen Tag hämmert. Er schaut nicht nach links und rechts – er arbeitet wie ein Besessener. In der Nacht schmiedet er im Traum an den Schnörkeln herum. So geht das dahin. Wenn er gefragt wird: Wann hörst Du endlich mit dem Gehämmer auf, dann gibt es von ihm nur die kurze Antwort „wenn ich fertig bin“. Und fertig ist der Schmied noch lange nicht; denn er arbeitet an einem Kunstwerk – und jedes Ding braucht seine Zeit, auch die Kunst – alles muß wachsen. Wenn die Schmiedin an ihn herantritt und ihn zum Essen mahnt, muß sie alle Kniffe anwenden, daß er zu den Tellern kommt. Aber eines Tages ist es endlich soweit. Der Schmied hat das Tor in aller Herrgottsfrühe am Eingang zum Doktorhaus angebracht. Aber dann ist nichts mehr von ihm zu sehen. Sein Werk steht da, aber er selbst ist aus Bescheidenheit vorerst spurlos verschwunden. Der Ferdl mit dem Holzfuß und der großen Glatze ist der Erste, der das Tor bewundert. Schnell trommelt er das Dorf zusammen. Der Ferdl hält vor dem Doktorhaus, mit Tränen in den Augen, eine Ansprache – die längste seines Lebens. Die einen sagen: Gott sei Dank, daß er fertig ist, mit dem Gehämmere. Die anderen: gar nicht so schlecht, das hätten wir unserem Schmied gar nicht zugetraut. Wieder andere: Was heißt da – gar nicht so schlecht – ? Ein Kunstwerk ist es, versteht ihr denn das nicht? Die Stadtleute werden wir herholen und die werden bestätigen, daß unser Schmied ein Künstler ist. Jawohl, wir haben jetzt einen Künstler im Dorf und darauf trinken wir jetzt im „Silbernen Kranz“ und unseren Künstler lassen wir uns nicht mehr nehmen. Die Leute verziehen sich ins Wirtshaus. Durch den Tumult vor seinem Haus ist der Herr Doktor wach geworden und schaut aus dem Fenster. Er sieht das schmiedeeiserne Gartentor und schaut recht verdutzt drein.

Dann eilt er im Nachthemd herunter und ist keiner Worte mächtig. Er ist kunstverständig genug, um sofort zu erkennen, was er da vor sich hat. Liebevoll betastet er die geschmiedeten Ranken und sein Herz füllt sich mit Stolz: „Es freut mich für den Schmied, daß er so Großartiges leisten kann, aber es freut mich auch für mich, daß ich dieses ermöglicht habe.“

Der Wegmacher

Ignaz, der Wegmacher, ist wohl der fleißigste Mann im Dorfe. In aller Herrgottsfrühe ist er der Erste auf den Straßen und Wegen, um für deren Sauberkeit und Instandhaltung zu sorgen. Abends, wenn längst der Mond über den Giebeln aufgestiegen ist, geht der Ignaz nach gewissenhafter Tagesarbeit mit seinem Karren müde heim.

Im weiten Umkreis gibt es keine Gemeinde, wo die Wege so gepflegt werden. Überall gibt es ja auch keinen Ignaz. Wenn er heimkommt, ist er meist schmutziger als die Straße selbst, als hätte er wie ein Schwamm alles in sich aufgenommen, und Dora, seine Frau, muß lange an ihm mit Seife und Bürste arbeiten, bis sie ihm erlaubt, sich an den Tisch zu setzen und sich anschließend ins Bett zu legen. Ignaz ist neben Bürgermeister, Pfarrer, Doktor und Schulmeister die wohl wichtigste Person im Dorf. Denn was täte man, wenn bei Glatteis nicht rechtzeitig Sand gestreut, die Schlaglöcher nicht mit Schotter aufgefüllt und in der Sommerhitze der ärgste Staub nicht mit Wasser gebändigt würde? Dies alles besorgt der Ignaz – seit Menschengedenken.

Wie jedoch alles seinen Preis hat, so ist das mit dem Ignaz letztlich auch so eine Sache. Die Kehrseite seiner Gewissenhaftigkeit und seines Fleißes ist, da ihm jahraus, jahrein niemand bei seiner Arbeit dreinredet, eine eigene Mischung aus Herrschsucht und Verantwortungsbewußtsein. Das geht bereits so weit, daß sich manche Leute im

Dorf ein soeben ausgebessertes Wegstück kaum zu betreten trauen, wenn Ignaz in der Nähe ist. Denn dieser sieht es lieber, wenn den Bauern das Gras zertrampelt wird, als den Weg gleich wieder in Mitleidenschaft zu ziehen. Plätze, Straßen und Wege sind das Königreich des Wegmachers, und darin ist er der unumschränkte Herrscher. Könige haben natürlich nicht nur gute Eigenschaften, sondern auch – dies kommt durch ihr einsames Gipfeldasein – ihre Launen. Der Ignaz ist da keine Ausnahme. Eine seiner Gewohnheiten ist es zum Beispiel, jedem, der seiner Meinung nach zu schnell auf der Straße daherfährt – sei es nun der Milchmann oder eine hochgestellte Person aus der Stadt – mit der Faust zu drohen und ihm „verfluchter Kerl" nachzurufen. Ganz zornig und nicht mehr zu bändigen ist er, wenn ihn ein vorbeifahrendes Fahrzeug anspritzt. Er, der ohnehin meist dreckverkrustet unterwegs ist, kann es nicht vertragen, wenn nur ein kleiner Spritzer hinzugefügt wird. Wobei ihn sicherlich nicht der zusätzliche Schmutz auf seinem Körper in Rage bringt, als vielmehr sein dauernder Argwohn, der Vorbeifahrende habe vielleicht absichtlich auf ihn nicht Rücksicht genommen, weil er quasi ohnehin nur der Wegmacher ist.

Heute ist ein besonderer Tag. Der Herr Bürgermeister erwartet wegen einer politischen Angelegenheit den Herrn Bezirkshauptmann. Nervös geht das Ortsoberhaupt in seinen Amtsräumen hin und her. Dauernd schaut er auf die Uhr. Der Gemeinderat ist voll versammelt. Wichtiges ist zu besprechen. Immer wieder geht der Bürgermeister zum Fenster. Am meisten ärgert ihn, daß er die zurechtgelegten Begrüßungssätze so lange in seinem Kopf speichern muß.

Nun ja, hohe Herren lassen eben auf sich warten; da kann man nichts dagegen tun. Aber endlich ist es doch so weit. Ein schwarzes Auto kommt in sausender Fahrt auf das Dorf zu. Vom vorhergehenden Wolkenbruch steht noch überall das Wasser auf der Straße und Ignaz ist eben dabei, Vermurungen zu beseitigen. Da braust dieses Ungetüm von einem Auto an ihm vorbei und besudelt ihn von oben bis unten.

Die Zornesadern des Ignaz schwellen an wie niedergehende Blitze und seine Faust erhebt sich drohend. Sein „verfluchter Kerl“ hat noch nie so laut die Dorfstraße entlanggedonnert wie diesmal. Nicht genug dessen, wirft der Ignaz die Schaufel hin und stürmt dem Auto nach. Vor dem Gemeindeamt steigt der Bezirkshauptmann soeben aus und der Bürgermeister eilt schusselnd herbei.

Gleichzeitig kommt, ohnmächtig vor Wut, der Wegmacher dazu und schimpft aus allen Rohren: „Was bilden Sie sich ein! Können Sie nicht aufpassen? Machen Sie das in der Stadt auch so, daß sie die Leute von oben bis unten anschledern?“

Der Chauffeur bricht in lautes Gelächter aus, und auch der Bezirkshauptmann kann ein Lachen kaum verbeißen. Das macht den Ignaz nur noch wütender und er schreit die Herren an: „Was würden Sie sagen, wenn ich Ihnen jetzt eine Schaufel Straßenschmutz hinaufwerfen würde? Das wäre haarscharf dasselbe, was Sie soeben mit mir gemacht haben.“

„Aber guter Mann, so beruhigen Sie sich doch bitte. Sagen Sie nicht Dinge, die Sie ohnehin nie ausführen werden.“

„Was?“, geifert der Ignaz. „Sie glauben, ich stehe nicht zu meinem Wort? – Ich werde es Ihnen gleich beweisen!“

Der Bürgermeister droht in den Erdboden zu versinken. Sein aufgeregtes Fuchteln mit den Armen beeindruckt den Wegmacher nicht im geringsten. Dieser hat flugs eine Schaufel ergriffen und mit Blitzesschnelle landet eine Ladung Kehrricht am Anzug des Bezirkshauptmannes. Während der nun eingetretenen Betroffenheit und großen Blamage trollt sich der Ignaz weg und geht wieder seiner Arbeit nach.

Zunächst ist der Bezirkshauptmann sehr betreten und läßt sich seitens des Bürgermeisters tausendfache Entschuldigungen herantragen. Aber schlußendlich macht er eine gute Miene zum bösen Spiel und rettet die ganze Situation, indem er den Bürgermeister beruhigt:

„Das eine muß ich sagen, Herr Bürgermeister, Sie haben einen Wegmacher, der sein Versprechen hält. Wir Politiker haben es diesbezüglich nicht so leicht!“

Dietrich von Hinken

Lehrer Dietrich ist die einzige Respektsperson an der Schule. Seine Kollegen beneiden ihn, weil es keinem von ihnen gelingt, beim Betreten der Klasse unbehelligt nach vorne in den Bereich des Katheders zu gelangen. Anders ist es bei Lehrer Dietrich. Wenn dieser die Tür zum Klassenzimmer öffnet, verstummt sofort das ausgelassene Toben der Schüler. Alle stehen stramm neben den Bänken und wie durch ein Ehrenspalier geht, beziehungsweise hinkt, der Lehrer Dietrich nach vorne. Dann nimmt er räuspernd Platz und heißt auch die Schüler sich zu setzen.

Fast wird er immer ein bißchen verlegen, der Herr Lehrer, wenn er durch das mucksmäuschenstille Klassenzimmer nach vorne hinkt, denn da kommt es ihm stets deutlich zum Bewußtsein, daß er mit einem Gebrechen, seinem Hinken, belastet ist. Aber eigenartigerweise wird er deshalb nie verspottet, obwohl er damit jederzeit rechnet. Er rechnet damit, weil er weiß, daß man von unausgegorenen Jugendseelen kein Erbarmen in dieser Richtung erwarten darf. Warum also geht die Klasse mit ihm durch dick und dünn?

Vielleicht liegt das Geheimnis darin, daß die Schüler glauben, ihn durch sein Gebrechen nicht so fürchten zu müssen wie einen kraftstrotzenden Lehrer. Aber warum haben die Unausgegorenen geradezu Respekt vor einem Wehrlosen? Vielleicht ist es doch die besondere Art von Demut, die dem Lehrer Dietrich innewohnt und ihm dieses

Kunststück vollbringen läßt. Längst haben die Schüler ihren Lehrer in den Adelsstand erhoben. Sie nennen ihn liebevoll „Dietrich von Hinken“.

Alle sind stolz auf ihn. Aber wie jedes Ding seine zwei Seiten hat, so auch dieses. Wie unglaublich es auch klingt, so ist es doch wahr, daß die Schüler ihr Idol, ihren Lehrer nachzuahmen beginnen. Ohne Arg und ohne Spott beginnt der Franzl, der größte Verehrer des Lehrers, auf einmal auf die selbe Art zu hinken wie dieser. Es ist ihm nicht mehr möglich, dieses Hinken zu lassen. Da Herr Dietrich fühlt, daß dieses Nachahmen nicht aus Spott geschieht, sondern in der Verehrung wurzelt, ist er auch unmöglich in der Lage, den Franzl davon abzubringen. Das Unglück nimmt seinen Lauf. Der Nachahmungstrieb ist losgetreten und nicht mehr aufzuhalten. Innerhalb einer Woche hinkt die ganze Klasse wie ihr Lehrer.

Verzweifelt berichtet Herr Dietrich dem Direktor sein Problem. Man ist ratlos. Der Herr Direktor, ein alter und weiser Schulmann, grübelt lange nach. Schlaflose Nächte bereitet ihm diese Angelegenheit. Er denkt bei sich: „Wenn ich dieses Ding zu einem für alle Beteiligten guten Ende führen kann, gehe ich beruhigt in Pension, weil ich sagen kann – ich war ein guter Pädagoge.“

Nach langem Sinnen ruft er den Lehrer Dietrich zu sich:

„Sagen Sie, Herr Kollege, warum hinken Sie eigentlich? Wurden Sie einmal verletzt?“

Herr Dietrich berichtet, daß sein Hinken keineswegs auf eine Verletzung zurückzuführen ist, sondern daß er in früheren Jahren einmal schwer geschockt wurde und seither eben hinke.

„Die Nerven sind's, die Nerven sind's, Herr Direktor!"

Dieser macht lange Zeit nur ‚hm' und wieder nur ‚hm'. Aber plötzlich richtet sich der Direktor hoch auf und er fährt den ganz erschrockenen Lehrer Dietrich barsch an:

„Sind Sie wahnsinnig? Einen Schock, der irgendwann einmal auf Sie zugekommen ist und ein Hinken bei Ihnen ausgelöst hat, haben Sie nicht mit Manneskraft niedergekämpft? Und das Schlimmste! Eine ganze Klasse hinkt aus Erbarmen zu Ihnen mit und bringt dies nun, ebenso wie Sie, nicht mehr weg. Ich befehle Ihnen, aus Verantwortung gegenüber der Klasse, das Hinken sofort einzustellen! Wir sprechen uns noch!"

Der Lehrer Dietrich verläßt, am Boden zerstört, die Direktion. Armseliger denn je, humpelt er zu seiner Klasse. Die Tränen sind näher als alles andere. Er steht vor der Tür. Von drinnen hört er ausgelassenes Lärmen und das unbeschwerte Toben der Jugend. Da steigt es im Inneren des Lehrers ganz heiß auf. Mit geballter Kraft und einer Entschlossenheit sondergleichen drückt er die Türklinke herab. Er öffnet die Tür zum Klassenzimmer. Dann schreit er aus Leibeskräften: „Ruhe!"

Verblüfft ducken sich die Schüler und schleichen auf ihre Plätze. Durch das stramme Spalier schreitet hoch erhobenen Hauptes der Lehrer und strebt mit größter Anstrengung, dicke Schweißperlen auf der Stirn – aber ohne zu hinken – dem Katheder zu. Erschöpft läßt er sich auf den Sessel fallen. Erst nach einer Weile kommt ihm zum Bewußtsein, daß er normalen Schrittes gegangen ist. Ein Schauder von Glückseligkeit durchrieselt seinen ganzen Körper. Benommen und überwältigt von der

Freude, die einem das Leben schenken kann, ist Herr Dietrich nicht in der Lage, etwas zu sagen.

Erst nach geraumer Zeit, die Klasse beginnt bereits unruhig zu werden, kommt der Herr Lehrer zu sich. Er ruft den Franzl, seinen Lieblingsschüler, zur Tafel. Dieser läuft, wie Kinder eben laufen, von Hinken keine Spur, zur Tafel. Erwartungsvoll, die Kreide in der Hand, schaut der Franzl den Lehrer an. Es ist der glücklichste Augenblick im Leben des Herrn Dietrich.

Das Versäumnis

Mitten am Dorfplatz treffen sich der Ferdl mit dem Holzfuß und der großen Glatze und der Matthias. Der eine kommt gerade aus dem Gemeindeamt und der andere aus der Kirche. Der Ferdl geht aufgeregt, mit dem Holzfuß hart aufstampfend, auf den Matthias zu:

„Stell Dir vor, Matthias, was passiert ist! Du kommst ja gerade aus der Kirche und kannst mir vielleicht erklären, wie der liebe Gott es zulassen kann, daß ich überall daneben ankomme. War ich soeben auf der Gemeinde wegen dem Ausflug und da sagt mir der Sekretär, dieser Pinsel, glatt, daß der Autobus schon voll und für mich kein Platz mehr ist, weil ich versäumt habe, zu buchen. Für mich, dem Versehrten, dem Vaterlandsverteidiger kein Platz mehr? Ist das nicht eine Ungeheuerlichkeit sondergleichen? Höhnisch grinsend hat er zu mir, wo ich doch eine Respektsperson bin, gesagt: ‚Hättest Du rechtzeitig gebucht, dann wärst Du dabei'. So ein Affe! Und wie er sich ausdrückt. Hat dieses Bürscherl ‚buchen' zu sagen, wenn man ‚eintragen' oder ‚aufschreiben' sagt, solange die Welt besteht? Buchen tut ein Buchhalter. Außerdem weiß dieser Ärmelschoner genau, daß ich seit undenklichen Jahren bei den Gemeindeausflügen so sicher wie das Amen im Gebet dabei bin. Jetzt auf einmal muß man separat buchen. Übrigens, Matthias, hast Du ihn schon einmal beobachtet, wie affektiert er seine Ärmelschoner immer nachzieht und unsereins überhaupt nicht anschaut beim Reden?"

Der Ferdl stößt wütend mit seinem Holzfuß auf. Schließlich schiebt er den Matthias zur Seite: „Geh weg, ich muß zum Pfarrer. Der soll mir sagen, ob dies der liebe Gott zulassen darf; – ob solches mit Gerechtigkeit noch etwas zu tun hat.“ Schwitzend vor Erregung strebt er der Kirchentür zu.

Da schreitet der Matthias ein: „Versündige Dich nicht, Ferdl! Was hat der liebe Gott oder gar der Justl damit zu tun, wenn Du etwas versäumt hast? Übrigens, Ferdl, merke Dir das eine: Es gibt kein echtes Versäumnis, denn im Versäumen des einen liegt das Zurechtkommen zu etwas anderem.“

„Albernes Geschwätz. Geh weg, laß mich vorbei, ich muß zum Justl, wozu haben wir einen Pfarrer? Ich bin in seelischer Not und habe Anspruch darauf, daß er sofort etwas unternimmt. Soll halt die Res daheimbleiben. Die sagt sowieso bei jedem Ausflug ununterbrochen: ‚Wann sind wir denn endlich da?‘ Und wenn wir zurück sind, weiß sie nicht einmal, wo wir gewesen sind.“

Während des Palavers vor der Kirchentür nähert sich der Briefträger: „Ferdl, gut daß Du da bist! Da habe ich nämlich einen Eilbrief für Dich!“

Neugierig liest der Briefträger noch schnell den Absender. Der Ferdl reißt ihm zornig den Brief aus der Hand: „Was geht Dich der Absender an?“

Dann setzt sich der Ferdl mit dem Holzfuß und der großen Glatze schwitzend und schnaufend auf den Brunnenrand. Er öffnet rasch den Brief und liest. Da geht ein

Aufleuchten über sein Antlitz. Das Reisebüro aus der Stadt hat ihm folgende Zeilen geschrieben:

„Sehr geehrter Herr, seit langem sind Sie bei uns vorgemerkt als Interessent, falls durch Storno ein verbilligtes Flugticket zu haben ist. Wenn Sie sich kurzfristig entscheiden können und in zwei Tagen bereit sind, nach Mallorca zu fliegen, so können wir Ihnen dies um den halben Preis anbieten."

Triumphierend wendet sich der Ferdl dem Matthias zu:

„Ich brauche den Pfarrer Justl jetzt nicht mehr und den obergescheiten Sekretär, der die ‚Buchungen' vornimmt, schon gar nicht. Ich fliege nämlich nach Mallorca. Das ist etwas anderes, jawohl. Nach Mallorca fliege ich, jawohl. Bin ich froh, daß ich den Gemeindeausflug nicht ‚gebucht' habe, sonst könnte ich jetzt nicht nach Mallorca fliegen – dort fliege ich nämlich jetzt hin." – Glitzernd vor Schweiß und Lachen fuchtelt er mit dem Brief vor der Nase des Matthias herum.

„Gemeinsam mit anderen intelligenten Passagieren werde ich im Flugzeug sitzen und hoch oben fliegen. Sag das dem Sekretär, diesem wichtigtuerischen Ärmelschoner, daß ich auf ihn nicht mehr angewiesen bin, weil ich in zwei Tagen fliege. Sofort gehe ich jetzt heim und hole mir vom Dachboden den Globus herunter und drehe so lange, bis ich Mallorca finde."

Den flatternden Brief vom Reisebüro in seiner rudernden Hand und aufs neue mächtig erregt, humpelt der Ferdl über den Dorfplatz seiner Behausung zu. Dabei nickt er immerfort mit dem Kopf und brummt vor sich hin:

„Da hat er recht gehabt, der Matthias. Jaja, der Matthias, da hat er recht gehabt. Wirklich recht hat er da gehabt, der Matthias; denn es ist tatsächlich so wie er sagt: ‚Im Versäumen des einen liegt das Zurechtkommen zu etwas anderem‘."

Zwei Vagabunden

Um die Weihnachtszeit. Lord, seines Zeichens Landstreicher, Taschendieb und Vagabund, sitzt am Rande des Dorfes und zählt Scheine. Kleine, mittlere und größere.

„Immer wieder nur so viel“, sagt er zu sich selbst, „daß ich gerade morgen noch was zu beißen habe.“

Da kommt ein zweiter hinzu.

„Servus Lord!“ – „Servus Lord!“ Beide nennen sich nämlich Lord.

„Wieviel hast Du?“ – Der eine hält die Scheine hin; gefächert wie eine Handvoll Spielkarten.

„Nicht viel, Du Stümper!“

„Na, weißt Du, Lord, ich hatte schon eine dicke Brieftasche in der Hand – habe sie aber wieder zurückgelegt.“

„Was heißt das, Du Affe!“

„Naja“, drückt der Lord herum. „Weißt Du, einer jungen Mutter habe ich sie aus dem Einkaufskorb gestohlen, als sie mich bat, ihr den Korb einen Augenblick zu halten, weil sie ihrem kleinen Buben nachlaufen mußte, der sich von ihrer Hand losgerissen hatte. Stell Dir vor, Lord, ohne Bedenken hat sie mir, dem Gauner, ihren Korb mit der Brieftasche anvertraut. Meine Hand hat die Brieftasche schnell gehabt – niemand hat es gesehen, Lord. Und dick war sie, die Börse. Ich glaub, schöne Füchse wären drinnen gewesen, Lord. Aber auf einmal habe ich gemeint, ich muß mir die Hand abschlagen und hab die Börse in den Korb zurückfallen lassen. Und schau her, Lord. Hier auf meine dreckige Wange schau! Da hat der kleine Bub nachher tolpatschig hingegriffen und ‚Onkel' hat er zu mir gesagt, als ich den Korb niederstellte und dem Buben über den Scheitel strich. Stell Dir vor, ‚Onkel' hat er zu mir gesagt! Kannst Du Dir das vorstellen, Lord, daß der Kleine ‚Onkel' zu mir gesagt hat? Direkt ‚Onkel'?"

Nach einer langen Pause: „Ich glaube, Lord, ich habe auch wo so einen kleinen Jungen, weißt Du. Aber sie, damals, diese Schlampe, lange ist es her, ist mit dem Seiltänzer durchgebrannt. Und dann kam der Schnaps. Der Schnaps. Der Schnaps."

Wieder nach einer langen Pause: „Und Du, Lord? Wieviel raschelt in Deinen Fingern? Hast Du mehr Glück gehabt?"

„Ach, ich habe heute nur geprobt, denn morgen lande ich meinen großen Coup."

„Was heißt das? Meinst Du den Bankeinbruch in der Stadt?"

„Ja, gerade den meine ich. Beinahe wäre er mir heute schon geglückt."

„Dir glückt aber auch immer nur alles ‚beinahe', Du Patzer, Du Versager, Du Blindgänger!"

„Na weißt Du, Lord", stammelt der andere verlegen, „da war die Putzfrau von der 12er Baracke heute in der Bank – aushilfsweise – quasi zur Probe. Vier Mäuler hat sie zu stopfen, verstehst Du, Lord? Wäre ein Aufstieg für sie, in einer Bank putzen zu dürfen. Und gerade bei ihrem Probegalopp wird eingebrochen. Dann sagt die Gesellschaft, die unsereinem nichts glaubt, – das Barackenweib hat mitgeholfen – man wirft sie hinaus und ihre Mäuler daheim in der 12er Baracke bekommen wieder nichts. Aber geprobt habe ich, alles weiß ich – und morgen, wenn die andere Putzfrau kommt, Du weißt, die mit dem Mercedes, die früher auf dem Strich gegangen ist, Du kennst sie, Lord, Fregatte hast Du sie genannt. Ja, Lord, dieses Weib übertölple ich morgen und lande meinen großen Coup."

„Halt endlich das Maul", sagt der andere und wirft ihm zwei Scheine hin. – „Da, nimm und verneige Dich ordentlich vor mir." Dann gehen die zwei Lords die Straße hinunter.

Wie sie beim Gemeindeamt vorbeikommen, sehen sie auf der Anschlagtafel einen Zettel kleben, auf dem schwarz auf weiß steht, daß Gelegenheitsarbeiter aufgenommen werden. Der Lord liest es dem Lord vor und immer wieder der eine dem anderen, daß keiner dazukommt, es für sich selbst zu lesen. Schließlich gehen beide hinein, durch einen langen Gang und dann verschwinden sie hinter einer Tür, die zwei Lords.

Ob die Gesellschaft zwei solche Menschen noch aufnimmt?

Die Fasnacht

Es geht dem Aschermittwoch zu. Ganz wichtig ist jetzt im Dorfe das tolle Treiben, die Ausgelassenheit – das Aderlassen, denn vieles hat sich in den drückenden Wintertagen aufgestaut. Freilich finden es manche Leute überaus läppisch und unangebracht, sich wie Verrückte zu gebärden, fast täglich auf den Tanzboden zu rennen und sich noch dazu bis zur Unkenntlichkeit zu verkleiden. Manche können nicht verstehen, daß nicht einmal Pfarrer Justl Einhalt gebietet und dazu nur weise schmunzelt. Indessen nimmt das närrische Treiben seinen Lauf.

Da gibt es einen Mann im Dorfe, den Sebastian. Er ist altmodisch wie sein Name. Vom Beruf Besenbinder. Aber tanzen kann der Sebastian wie kein anderer in der Gemeinde. Er dreht den Walzer mit gleicher Bravour wiewohl er sich auch im Tango mit voller Hingabe bewegt. Aber wenige wissen dies, denn Sebastian ist schüchtern wie eine Kirchenmaus und traut sich nichts. Bei Veranstaltungen sitzt er in einer Ecke und schaut verstohlen den anderen zu; sich freuend über gute Darbietungen, aber auch mitleidend bei jeglichem Versagen.

Nun, heute ist Fasnacht. Sebastian ist verkleidet und niemand erkennt ihn. Natürlich weiß auch er nicht, wer hinter den verschiedenen Maskierungen steckt, und das ist gut, denn sein Nichtwissen bewahrt ihn vor der Angst – vor jener Angst, sich nicht genug gesellschaftsfähig benehmen zu können. Kurzum, der Besenbinder tanzt mit Leuten, die er nicht kennt; aber er tut dies aus reiner Lebensfreude. Bei ihm gibt es keine frechen Übergriffe wie sie sonst häufig unter Maskierten vorkommen. Nein, der Sebastian ist nur um des Tanzens willen da.

Dies dürfte sich unter der holden Weiblichkeit bald herumgesprochen haben, denn bei den Damenwahlen kann er sich kaum erwehren. Alle wollen den Sebastian. Wer mag das sein? Sicher einer aus der Stadt! Wie dem auch sei, frech ist er auch nicht – im Gegenteil, fast zu wenig keck, aber dafür kann er tanzen, daß es fast an Unglaublichkeit grenzt. Niemals wäre all dies dem schüchternen Besenbinder Sebastian ohne Maske möglich gewesen.

Wie hätte er es unter normalen Umständen wagen dürfen, beispielsweise die Frau Doktor aufzufordern? Undenkbar, einfach undenkbar! Der Karneval erlaubt es, Altes auszurotten und der Erneuerung einen Weg zu öffnen. Der Sebastian tanzt bis in die Morgenstunden. Längst hat es eine Demaskierung gegeben und alle wissen nun gegenseitig Bescheid. Viele werden wieder in ihre Schranken zurückgewiesen.

Anders ist dies bei Sebastian, dessen Vorzüge und Lauterkeit erst in der Zeit der Verrücktheit erkannt wurden. Ohne vorerst etwas zu ahnen, sind die Weichen für sein weiteres Schicksal bereits gestellt.

Eines fragt sich der Besenbinder jedoch allen Ernstes auf seinem Heimweg:

„Muß man sich wirklich erst als unbekannter Verrückter gebärden, um als normaler Mensch angenommen und geachtet zu werden?“

Die Antwort weiß niemand. Irgendwie mag es aber wohl stimmen, denn so ohne weiteres ist sicher auch die Fasnacht nicht entstanden.

Hinterglasbild von Karl Schreibelmayr

Foto: Defner

Die Predigt

Fritzchen ist ein sehr aufgeweckter Bub. Er hält seine Augen offen und bewegt seine Ohren wie ein Uhu. Nichts entgeht ihm. Besonders das, was eigentlich eine läppische, unwichtige Nebensache ist, nehmen seine kindlichen Antennen begierig auf. Da die Entwicklung seines Wesens noch in Gärung ist, kann er komisch und ernst noch nicht genau auseinanderhalten. Am meisten bringen ihn die Predigten des Pfarrers Justl in Zwiespalt. Den tieferen Sinn noch nicht verstehend, konzentriert sich Fritzchen auf die Gestik des Pfarrers – und die ist zuweilen sehr grotesk; denn Hochwürden hat die Gewohnheit, wenn er seinen Lämmern von der Kanzel herab ins Gewissen redet, mit dem Zeigefinger Löcher in die Luft zu stoßen und das so vehement, daß man meinen möchte, daß er es auf jeden einzelnen abgesehen hat. Ja, er beugt sich sogar vor, um auch die unter der Kanzel sitzenden Kirchenbesucher zu treffen.

Fritzchen saugt all dies in sich auf und er findet den Pfarrer Justl so herrlich, daß er der Nachahmung nicht widerstehen kann. Gleich nach der Messe rennt er heim, eignet sich aus der guten Stube das bunt gestickte Fransentuch an, hängt es sich um und verschließt es vorne mit einer Sicherheitsnadel. Dann schnell noch den schwarzen Begräbnishut seiner Mutter. Im nächsten Augenblick ist Fritzchen spurlos verschwunden. Die Kirchenleute haben sich inzwischen in alle Richtungen zerstreut, heim zu ihrem Sonntagsbraten.

Die Sache nimmt nun ihren Lauf. Die Mutter hat dem Buben schon zweimal gerufen, aber kein Fritzchen kommt zum Essen. Beunruhigt wird Nachschau gehalten, aber der Bub ist nirgends zu finden. Am Dachboden, im Keller, in allen Gruben, mit und ohne Wasser, überall wird gesucht und man findet kein Fritzchen. Die Mutter rennt flennend aus dem Haus und bald beteiligt sich die ganze Nachbarschaft an der Suche.

Endlich kommt jemand auf den Gedanken, in der Kirche Nachschau zu halten; und dort wird man fündig. Steht da der Knirps tatsächlich auf der Kanzel, gerade daß er über die Umfriedung schauen kann, und schimpft lautstark, mit dem Zeigefinger wild um sich schlagend, auf die leeren Bänke herab. Sein Vater muß ihn schließlich mit Gewalt herunterholen, weil Fritzchen voll Begeisterung zu keinem Ende kommen kann.

Die Leute verlassen lachend die Kirche. Eines hat der aufgeweckte Bub neben der ausgelösten Heiterkeit wahrhaftig noch bewirkt, nämlich, daß die Leute sich angeregt fühlen, nochmals nachzudenken, was der Pfarrer Justl in seiner vorangegangenen Predigt eigentlich gesagt hat.

Das stumme Glück

Inge, die wohlerzogene Tochter des Herrn Notars in der Stadt ist eine feine, junge Dame. Sie besitzt alles, was man sich nur denken kann. Schönheit, Geborgenheit im besorgten Elternhaus, eine hervorragende Schulausbildung und Freier zuhauf, was ja auch sehr beruhigend für ein junges Mädchen ist. Dennoch ist die Inge zuweilen gar nicht so glücklich, wie man meinen möchte.

Es ist tatsächlich so, daß sie oft nicht mehr ein und aus weiß in ihrem Gemütszustand und einfach auf und davon laufen möchte. Eines Tages tut sie es wirklich. Inge durchbricht die Barrieren der feinen Gesellschaft. Ohne einen einzigen vernünftigen Gedanken im Kopf, ohne Hut und ohne Mantel und keinen Knopf Geld bei sich, läuft sie verzweifelt aus dem Haus und begibt sich in großer Hast schnurstracks aus der Stadt hinaus – blindlings dem Wald zu. Zu aller Not kommt noch dazu, daß ein schweres Gewitter aufzieht. Schon fahren einzelne Blitze nieder und grollender Donner nähert sich aus einer schwarzen Wolkenbank. Statt umzukehren, hastet Inge weiter – dem Walde zu.

Hätte sie sich selbst über ihr sinnloses Beginnen gefragt, sie hätte sich keine Antwort geben können. Das Mädchen ist schon tief im Wald drinnen, da hört es plötzlich neben dem immer heftiger werdenden Gewitter auch andere Geräusche. Gleichzeitig entdeckt Inge einen baumlangen Holzknecht mit aufgekrempelten Hemdsärmeln, die Axt schwingend, Äste von einem gefällten Baum schlagen. Mit fliegender Brust und einer unerklärlichen Furchtlosigkeit eilt das Mädchen auf den Holzknecht zu. Dieser wird ihrer erst gewahr, als sie bereits dicht vor ihm steht und ist so erstaunt, daß er seinen Mund nicht mehr zu bringt. Auf den freundlichen Gruß der Inge weiß er keine Antwort. Die Axt fällt ihm fast aus der Hand. Da ruft ihm die Inge schalkhaft zu: „Sind Sie stumm?"

Der Holzknecht nickt, weil ihm im Moment wirklich die Worte fehlen. Das Mädchen zuckt bedauernd die Achseln, geht aber nicht weiter, weil im nächsten Augenblick ein greller Blitz niedergeht, gefolgt von einem gewaltigen Donnerschlag. In die darauffolgende Stille stellt Inge ihre zweite Frage: „Können Sie hören?" Der Holzknecht nickt heftig. Auch hat sich sein Gesichtsausdruck mittlerweile geändert.

An Stelle des großen Staunens ist ein freudiges Aufleuchten in seine Augen gekommen, und der lange Hannes, um den handelt es sich bei diesem Holzknecht, der wohl einfältig, aber nicht dumm ist, hat blitzschnell beschlossen, in diesem Falle stumm zu bleiben. Jedes Wort, so denkt er bei sich, könnte bei so einer feinen Dame falsch sein und in die verkehrte Richtung gesprochen sein. Deshalb sagt ihm sein Inneres, daß es auf alle Fälle besser ist, stumm zu bleiben. Aber hören, ja hören, was das schöne Fräulein zu ihm sagen wird, das kann er, und das hat er ihr ja auch schon zugesichert, daß er das kann.

Der Hannes ist in gar keiner schlechten Lage, das hat er rasch begriffen. Das Gewitter hat sich inzwischen voll entladen und in immer kürzeren Zeitabständen fahren die

Blitze nieder. Ein heftiges Brausen stürmt durch den Wald. Die ersten Regentropfen klatschen auf die vor Hannes liegenden Baumstämme. Die Inge, inzwischen doch etwas furchtsam geworden, hört sich die bange Frage aussprechen: „Haben Sie eine Hütte in der Nähe?“

Der lange Hannes wirft seine Axt von sich und geht mit gewaltigen Schritten voraus. Inge kann ihm kaum folgen. Immer tiefer kommen sie in den Wald hinein. Da hört der Hannes hinter sich einen Schrei. Inge ist ausgerutscht und hingefallen. Kurzerhand hebt Hannes mit seinen klobigen Holzknechthänden das Mädchen auf und trägt die für ihn leichte Last vor sich her, seiner Hütte zu, die sie bald darauf erreichen. Dort angekommen, stellt die Inge keine Fragen mehr; so als hätte sie ebenfalls beschlossen, stumm zu bleiben.

Draußen tobt das Wetter nun in voller Stärke. Hannes hat mit großer Schnelligkeit eine Kerze angezündet und im Ofen Feuer gemacht. Bald verbreitet sich eine behagliche Wärme in der kleinen Holzknechthütte. Inge zieht ihre nassen Kleider aus und hängt sie zum Trocknen über den Ofen. Blitzschnell schlüpft sie unter die warme Decke auf dem einzigen Bett in der Hütte. Von dort aus schaut sie dem Hannes zu, wie er am Ofen ein Essen zubereitet. Der flackernde Schein des Feuers wirft einen Schatten des am Ofen hantierenden Mannes an die Wand. Inge zieht die Decke bis ans Kinn, fühlt sich außerordentlich glücklich und wartet mit einem nie gekannten Hunger auf das Essen. Bald ist dieses fertig.

Hannes setzt sich zu ihr aufs Bett und gemeinsam verzehren sie das karge Mahl. Eine Weile darauf unterbricht die Inge doch noch einmal ihr Schweigen. Sie bittet den Hannes, einmal kurz die Tür aufzumachen, denn sie möchte das Toben des Unwetters vom Bett aus sehen. Aber gleich darauf muß er die Tür sofort wieder schließen, denn draußen ist die Hölle los. Es prasselt und kracht, donnert und blitzt in so schrecklichem Ausmaß, daß es die Inge wirklich mit der Angst zu tun bekommt; und dann beginnt sie heftig zu weinen.

Da kommt der Hannes zu ihr heran, streicht ihr mit seinen klobigen Händen über die Wangen und wischt ihr ganz behutsam die Tränen weg. Dabei kommt es dem feinen Gehör der Inge plötzlich vor, als hätte der Mann etwas vor sich hingemurmelt. Ein kurzes Staunen. Aber das Mädchen sagt und fragt nichts. Inge fürchtet die Worte. Was sind auch Worte gegen ihr stummes Glück?

Die Befragung der Münzen

Der Ferdl mit dem Holzfuß und der großen Glatze hat einen Mordsrausch. Heute ist er so betrunken, daß er sich selber fast nicht mehr erkennt. Aber der Ferdl wird in solch einem Zustand selten rabiat; eher sentimental und nachdenklich.

Er ist eben dabei, unabhängig vom Wirt, seine Zeche auszurechnen. Zu diesem Zwecke hat er sein ganzes Kleingeld am Tisch vor sich hingeschüttet. Der Ferdl starrt die runden Dinger an und lacht blöd vor sich hin. Alles tanzt vor seinen Augen und er kann nicht mehr richtig unterscheiden zwischen höheren und niederen Werten; ja nicht einmal die Stückanzahl kann er feststellen, so wirr ist es in seinem Kopf. Wie immer in solchen Situationen kommt der Ferdl ins Philosophieren und wenn er dort anlangt, darf niemand an ihn herantreten – man würde ohnehin nicht klug aus seinen Selbstgesprächen.

Nun denn, der Ferdl schiebt einen ungezählten Teil seiner Münzen dem Wirt hin und hofft, damit sein bisher Verzehrtes beglichen zu haben und darüber hinaus noch einmal etwas Flüssiges hingestellt zu bekommen. In der Tat erscheint noch ein Krug Wein auf seinem Tisch. Jetzt ist der Ferdl mit dem Holzfuß und der großen Glatze erst richtig glücklich. Er hat Wein und außerdem noch einen Haufen Münzen vor sich auf dem Tisch. Den an den

Nebentischen ihn auslachenden Leuten zeigt er noch schnell die Zunge, aber dann überläßt er sich ganz seinen Delirien. Er nimmt eine der Münzen in die Hand und stellt die Frage: „Welchen Weg bist Du gegangen, eh Du hier gelandet bist, Du grinsender Zehner?"

Angeleitet durch besondere Inspiration und überragender Phantasie kommt die Antwort aus seinem eigenen Mund: „Bald nach meiner Prägung landete ich in einem Automaten für Zigaretten, denn die Sucht nach Tabak ist groß und da werden viele Zehner gebraucht – ich bin eine ganz wichtige Münze! Anschließend war ich wieder in einem Automaten, Fahrscheine wurden für mich ausgegeben; es will ja niemand mehr zu Fuß gehen. Ich habe das Schicksal, die meiste Zeit in diesen intelligenten Behältnissen verbringen zu müssen; aber es ist mir egal – ich bin rund und kann mir keine Ecken abstoßen. Frage ja nicht die Einschillingmünzen. Ihr Dasein ist um Vielfaches dreckiger, denn bei allem sind sie dabei. Bei jeder Schurkerei und bei jeder Geringfügigkeit sind sie Statisten und müssen zuschauen. Im einzelnen wenig schuld, weil wenig wert, aber in der Masse stellen sie Fürchterliches an. Zur Rede gestellt, schüttelt sich jeder Schilling ab, heißt Hase und weiß von nichts."

Dem Ferdl graut. Er trinkt heftig und brummt etwas von ‚elendem Fußvolk, das keine eigene Meinung hat' vor sich hin. Dann schreit er nach dem Wirt. Er schiebt ihm eine Handvoll Münzen hin und sagt: „Wechsle mir schnell, ich befrage jetzt die höheren Werte!"

Verständnislos glotzend gibt der Wirt vom „Silbernen Kranz" dem Ferdl einen Fünfziger und einen Hunderter.

Weiter nach oben reicht es bei den Finanzen des Ferdl nicht mehr – und das ist gut so, denn sonst würde dieser sicher den Rest seines Verstandes verloren haben.

Der Ferdl mit dem Holzfuß und der großen Glatze befragt nun sein zu Scheinen erhobenes Geld. Was beichtet ihm der Fünfziger? Viel Schauderbares. Wohl auch manchmal assistierend für Gutes, das muß man schon auch sagen, denn der Fünfziger war auch schon in Opferstöcken von Kirchen. Aber komisch, er wurde dadurch nicht besser. Bald darauf wurde er nämlich einem verzweifelten Mädchen gegeben, welches darauf schrieb: ‚Für diesen Schein habe ich mich verkauft!‘ Der an sich so gute Ferdl zittert vor Weltschmerz. Sein Rausch ist nichts gegen die Antworten der Münzen und Scheine. Der Ferdl traut sich nicht mehr, den Hunderter zu befragen, denn er weiß, das Elend würde noch größer werden, denn mit mehr kann man noch mehr anstellen. Da gibt es Korruption, Spielsucht, Bezahlung von Schandtaten aller Art und so weiter.

Letztlich ist der Ferdl froh, daß er keinen Tausender fragen kann. Nebst Schönem würde ihm wahrscheinlich soviel Abscheuliches erzählt werden, daß er daran zugrunde gehen würde. Zum Schluß ist der Ferdl so weit, daß er den Rest seines Geldes weinend dem Wirt in sein wie Bratenfett triefendes Gesicht wirft und fluchend, mit dem Holzfuß hart aufstampfend, betrunken, aber als doch rechtschaffener Ferdl den „Silbernen Kranz“ verläßt; – mit einem großen Brocken neuen Wissens in seinem Kopf.

Mein Mann

Die Krämer-Hanni trägt sich seit geraumer Zeit ernsthaft mit Heiratsgedanken. An der Schwelle des Alterns – also spät – aber dennoch rechtzeitig, wie sie meint, denkt sie, sich zu verehelichen. Schließlich hat sie eine gut florierende Krämerei im Dorf und erkleckliche Ersparnisse auf der Kassa.

„Das muß doch ein Mann mit Vernunft respektieren, auch wenn man die Maienzeit hinter sich hat“, denkt die Hanni, vor dem Spiegel stehend und sich aufmunternd zulächelnd.

Wie soll er aussehen? Groß, schlank, graumeliert, taktvoll, kultiviert, weltgewandt, intelligent, sanftmütig, männlich, und so weiter und so fort. Der Wunschzettel der Hanni wird immer länger, je intensiver sie sich im Spiegel betrachtet und je energischer sie ihren Haarknoten aufsteckt. Es ist nicht das erstemal in letzter Zeit, daß sie so herausfordernd dasteht; aber das Ergebnis ist immer dasselbe: Es ist kein würdiger Freier in Sicht. Das schärfste Fernrohr würde nicht helfen. Inserate, Empfehlungen, Kuppeleien, alles verläuft im Sande. Annäherungen aus dem eigenen Dorf lehnt die Hanni sowieso empört ab. Und so plätschert die Zeit dahin und die Hanni wird ob ihrer Erfolglosigkeit in Sachen Ehe immer gereizter. Das geht schließlich so weit, daß sich die Herzensangelegenheiten bei der Krämerin auf ihr körperliches Wohlbefinden negativ auswirken. Die Hanni wird krank und muß zum Doktor gehen. Der Doktor Knapp, der seine Leute sehr gut kennt, überlegt lange; aber schließlich empfiehlt er der Krämer-Hanni zur allgemeinen Regenerierung einen Kuraufenthalt.

Die Hanni hat zum erstenmal in ihrem Leben eine Kur vor sich. Sorgfältig bereitet sie sich darauf vor. Vom Pfarrer Justl nimmt sie im Beichtstuhl noch seine gutgemeinten, mahnenden Worte entgegen: „Eine Kur kann alles durcheinander bringen. Verrückte können genesen und Normale können verrückt werden."

Zu diesen Äußerungen von Hochwürden wird die Hanni hellhörig, zumal ihr die Mesnerin kurz vor der Abreise noch ins Ohr zischelt:

„Wenn Du es klug anstellst, Hanni, angelst Du Dir auf der Kur einen Mann!"

Mit diesem Vorsatz, sonst nichts anderes mehr im Kopf, reist die Krämer-Hanni zu ihrem Kurort. Und wie es sein will, lernt die Hanni bald nach ihrer Ankunft im Kurpark tatsächlich einen Herrn kennen. Fürwahr, einen richtigen Herrn. Genau, wie sie sich ihren künftigen Gatten immer vorstellt: Groß, schlank, graumeliert, weise und nachsichtig, lächelnd und überaus charmant. Es finden gemeinsame Spaziergänge statt, Konzerte, Cafes, Tanz im Freien, laue Nächte. Es ist unbeschreiblich schön. Die Hanni blüht auf. Noch nie hat ihr der Spiegel eine schönere Hanni gezeigt. Ihr Kavalier ist Witwer und scheint tatsächlich ernste Absichten zu haben. Einmal hat er ihr sogar schon die Hand geküßt. Die Hanni ist nicht nur glücklich, leider wird sie dabei auch stolz und das von Tag zu Tag mehr. Letztlich beginnt sie ihrem Verehrer gegenüber aufzuschneiden: „Wenn das mein Mann wüßte!" Dabei genießt sie in vollen Zügen die Niedergeschlagenheit des liebevollen Freundes. Dieser beginnt behutsam, anständig wie er zu sein scheint, sich zurückzuziehen.

Die Hanni ist blind. Sie legt das Verhalten ihres Kavaliers als pure Eifersucht aus und erwähnt bei jeder Gelegenheit die Vorzüge ihres Mannes. Es kommt, wie es kommen muß. Der Herr, groß, schlank, graumeliert, alle ihre Vorstellungen erfüllend, zieht sich taktvoll, mit traurigem, entsagendem Gesicht, zurück.

Arme Krämer-Hanni. Das Kurorchester spielt von Robert Stolz ‚Zwei Herzen im Dreivierteltakt' und der Hanni rinnen die Tränen wie Sturzbäche über ihre Wangen. Sie eilt auf ihr Zimmer und schreit sich an, wie nie zuvor in ihrem Leben. Dann hadert sie sogar mit dem lieben Gott: „Warum hat dieser die Eitelkeit erschaffen? Nur um uns arme Menschenkinder in Versuchung zu bringen!" – „Ein Skandal ist das menschliche Schicksal", räsoniert sie dahin; und wirklich elend ist der Hanni zumute. „Aber er soll es wissen, bevor ich abreise", trotzt sie, ihre Kleider auf das Bett werfend, „daß ich frei gewesen wäre!" Dann schreibt sie ein Abschiedsbillett und läßt es sofort zustellen.

Drei Tage später ist die Kur der Hanni zu Ende. Sie steht am Bahnhof und wartet auf den Zug. Da kommt der graumelierte Herr mit einem großen Strauß Rosen auf sie zu und sagt, weise lächelnd: „Hanni, ich habe schon bald nach unserem Kennenlernen durch Nachforschungen erfahren, daß Du ein lediges, frank und freies Frauenzimmer bist und ich bin Dir wegen Deines weiblichen Verhaltens nicht böse, zumal ich ja auch etwas hinterlistig war."

Die Hanni, der es dämmert, daß sie in dieser Angelegenheit mehr Glück als Verstand hatte, senkt den Kopf und presst die Rosen fest an sich, während sie gemeinsam die Bahngleise entlang gehen.

Franzl und die Fannytant

Der Franzl ist im letzten Jahr mächtig gewachsen. Jetzt sind wieder Ferien. Die verbringt er, wie immer, auf dem Lande, bei der Tante Fanny. Diese ist ein älteres, vom Schicksal nicht gerade begünstigtes Fräulein; denn sie ist ausgewachsen. Aber sie ist eine Seele von einem Menschen. Die Fannytant ist der gute Geist des Franzl; sein um und auf. Drei Mütter zusammen könnten nicht so gut sein zu ihm wie eben dieses ältere, kleine Fräulein. Außerdem ist diese Fannytant ein Phänomen von einer Pädagogin. Obwohl sie dem Franzl volle Freiheit läßt und er gleichsam wie die Schwalben, die um den Kirchturm segeln, seine Jugend austoben kann wie kaum ein Junge, kommt die Erziehung trotzdem nicht zu kurz.

Fast unglaublich, welchen Repekt der Franzl vor seiner Ziehmutter hat. Daß er mit Gabel und Messer ißt, hat er ihr zu verdanken. Daß er nur eine kleine Steinschleuder besitzt und erst zwei Stallfenster eingeschossen hat im Vergleich zu den riesigen Steinschleudern der anderen Lausbuben, die damit schon wesentlich mehr angerichtet haben, ist ebenfalls das Werk der Fannytant. Fast freiwillig wäscht er sich abends die Füße und sieht es auch ein, daß er das Abendgebet nicht gleichzeitig, die Füße im Lavoir, verrichtet, sondern sich dazu separat hinstellt. Außerdem gibt es kein Nasenbohren beim Tisch. Jaja, die Tante hat ihren

Franzl vorbildlich erzogen; und so wird der Bub unter dieser Obhut immer gescheiter und gebildeter.

Heute steht er vor dem Spiegel. Wohl im geheimen, weil die Tante gesagt hat, man soll das eigene Antlitz nicht zu lange im Spiegel betrachten. Dennoch steht der Franzl nun schon eine Weile davor. Mit Genugtuung stellt er fest, nicht nur mit dem Finger fühlend, sondern auch mit den Augen sehend, daß der Flaum auf seiner Oberlippe sich zufriedenstellend verdichtet. Außerdem hat der Franzl einen neuen Mantel bekommen, einen schönen, langen Staubmantel, den er sich gerade zuknöpft. Eine Weile überlegt er, wie man größer ausschaut. Mantel bis oben zu oder offen lassen? Schließlich macht er es ganz richtig: Er läßt den Mantel offen, wirft den Schal zurück und schleppt den Dragoner lässig, immer fast verlierend, hinter sich her.

So verläßt der Franzl, die Haustüre leise öffnend, das Haus. So gescheit ist er schon, daß er weiß, daß er bei größeren Vorhaben doch etwas vorsichtig zu Werke gehen muß; denn es könnte ja sein, daß im letzten Moment eine Stimme sagt: „Wieso ziehst Du bei dieser Hitze einen Mantel an?“ oder „Wenn Du bei der Krämer-Hanni vorbei kommst, nimm mir einen Germ mit!“ oder: „Der Wassereimer ist schon wieder leer!“ Praktische Einfälle hat die Tante immer. Deshalb ist der Franzl jetzt flugs bei der Tür draußen und schwebt in seinem langen Mantel bereits hinweg. Hätte er sich noch einmal umgedreht und zurückgeschaut, hätte er im Fenster, zwischen den Geranien, das lächelnde Gesicht der Fannytant gesehen.

Der Franzl geht zum Dorf hinaus. Es ist kaum zu glauben, was er nun tut. Er pflückt Blumen. Einen ganzen

Strauß hat er schon beisammen. Leute begegnen ihm und schütteln den Kopf darüber, wie man bei dieser Hitze einen Mantel anziehen kann.

„Nun ja", denken die Leute, „da kann man nichts machen, der Franzl bekommt halt städtische Manieren." Aber das ist noch nicht alles. Auf einmal hat der Bub eine Zigarette in der Hand. Eine richtige Zigarette. Direkt sentimental hat er sie in der Hand und dazu noch ein Feuerzeug. Er wird zum gegebenen Zeitpunkt die Zigarette anzünden. Er muß aufpassen, daß er sie nicht verliert, denn er hat nur diese eine; eingetauscht für eine Hausaufgabe. Was nun? Er setzt sich hin und wartet. Es ist eine unglaublich lange Zeit, die der Franzl jetzt so dasitzt und wartet. Die Zigarette beginnt in seiner heißen Hand mürbe zu werden. Die Blumen in der anderen Hand werden müde und lassen ihre Köpfe hängen. Wasser gibt es weit und breit nicht. Er könnte ja den Mantel ausziehen. Franzl tut es nicht – er schwitzt. Franzl leidet die Leiden, die immer schon gelitten wurden, seit die Welt besteht und seit es Menschen gibt. Es nähert sich kein flatterndes Kleid. Tausend ängstliche Fragen entstehen in seinem jungen Herzen.

Nach langer Zeit geht der Franzl müde heim. Die Fannytant nimmt ihm die Blumen ab und hilft ihm aus dem Mantel. Etwas später kommt sie ganz leise zu ihm heran, streicht ihm über das Haar und sagt: „Dummer Bub!". Aber dabei hat sie Tränen in den Augen. Jene Tränen, die keiner guten Mutter erspart bleiben.

Foto: Defner

Foto: Defner

Seltsame Käufe

Der Kirtag ist aus; man ist beim Zusammenpacken. Die Aussteller machen allesamt zufriedene Gesichter, denn sie haben ein recht gutes Geschäft gemacht. Wie jedes Jahr, ist auch diesmal der Ferdl mit dem Holzfuß und der großen Glatze einer der Letzten seitens der Kirtagbesucher, die das Gelände verlassen. Eben humpelt er schwerfällig, ein Wägelchen nachziehend, über den Dorfplatz. Er hält kurz inne und wischt sich den Schweiß aus dem Nacken. Da kommt der Flickschuster Matthias und bricht in ein schallendes Gelächter aus:

„Ferdl, was hast Du denn da alles zusammengekauft? Da sehe ich ja Dinge, die Du nie brauchst! Was tust Du zum Beispiel mit einem Fußball?“

Der Ferdl blickt traurig auf seinen Holzfuß und nickt:

„Jaja, brauche ich nie!“

Dann wieder der Matthias:

„Oder dieses kitschige Sparschwein aus Plastik? So ein Plunder, schade um das Geld!“

„Jaja“, murmelt der Ferdl in sich hinein und ordnet einen mordslangen Kasperl auf seinem Wägelchen.

„Du sagst immer ‚Jaja‘, Ferdl; was soll ich davon halten?“

Der Ferdl erwidert: „Ich weiß es ja selbst nicht genau, warum ich das mache, Matthias! Aber weißt Du, in drei Wochen ist der Pfarrflohmarkt und da kommen sie jetzt bald um zu sammeln. Gebe ich nichts, ist es auf keinen Fall recht und von meinen Sachen mag ich mich eben nicht trennen. Zum Beispiel habe ich noch einen Fußball aus früheren Zeiten als ich noch gesunde Beine hatte und auch einen Kasperl aus meiner Kinderzeit habe ich am Sofa sitzen. Ich mag diese Dinge nicht hergeben und deshalb habe ich, extra für den Flohmarkt, am Kirtag diese neuen Sachen gekauft. Da wird hoffentlich niemand was dagegen haben. Es hat mich eine ganz schöne Stange Geld gekostet, denn am Kirtag ist alles sündteuer, aber dafür sind das Dinge, die von den heutigen Leuten begehrt werden!"

Der Matthias steht sprachlos da. Nach einer Weile sagt er:

„Ferdl, Du gehst einen seltsamen Weg!"

Der Ferdl im Weitergehen: „Auch ein seltsamer Weg kann zum Ziele führen!"

Der Matthias schaut ihm nach und sein Kopfschütteln geht in ein Nicken über.

Der Amtmann

Vor langer Zeit kam er schon als alter Mann ins Dorf. Er wanderte aus einer fernen Gegend ein, und da er früher angeblich einmal ein hoher Beamter war, nennen ihn die Leute einfach den „Amtmann". Er ist ein komischer Kauz, aber im Dorf nicht unbeliebt. Der Amtmann ist zu allen freundlich, grüßt sogar die Kinder zuerst und ist aus der Dorfgemeinschaft nicht mehr wegzudenken. Er bewohnt eine kleine Kammer unter dem Dachfirst des Mesnerhauses, und seine Lebensgewohnheiten sind so minutiös ausgerichtet, daß man die Uhr nach ihm richten könnte.

Vormittags von neun bis zwölf bewegt er sich im Bereiche Kirchenplatz, Gemeindeamt und Dorfbrunnen. Er nimmt mit großem Interesse am Tagesgeschehen teil. Mittags, genau um zwölf Uhr begibt er sich ins Gasthaus „Zum silbernen Kranz", wo er seit vielen Jahren sein Mittagessen einnimmt und wo ihm in jahrelanger Gewohnheit der Wirt persönlich Zylinder, Mantel, Stock und Handschuhe abnimmt, alles sorgfältig am Garderobenständer verwahrt und dann den Herrn Amtmann an seinen Tisch geleitet, wo ihm zwei verschiedene Essen angeboten werden, wonach sich der Amtmann erst nach langem Überlegen für eines entscheidet. Zu seiner Kleidung sei noch gesagt, daß er anders als mit Mantel, Zylinder, Stock und grauen Handschuhen noch nie gesehen wurde, egal ob im heißen Sommer oder im kalten Winter.

Nach dem Essen läßt er sich die Tür zur Küche öffnen, lobt die eingenommene Mahlzeit und legt ein Trinkgeldstück in einen Teller auf der Kredenz neben der Tür. Dieser Vorgang wiederholt sich tagtäglich seit vielen Jahren. Nach dem Mittagessen begibt sich der Amtmann in seine Kammer im Mesnerhaus, um seinen Mittagsschlaf zu halten. Anschließend überdenkt er die Neuigkeiten, die er vormittags erfahren hat, noch einmal gründlich. Dann erfolgt ein ausgedehnter Spaziergang durchs ganze Dorf und über den Anger.

Es gibt kein Haus, an dem der Amtmann nicht täglich, höflich grüßend, vorbeikommt. Längst ist es zur Gewohnheit geworden zu fragen: „Ist der Amtmann schon vorbeigegangen?“ Niemandem wäre es recht, wenn dieser einmal nicht vorbeigehen würde. Selbst bei Nebel, Regen oder Schneesturm geht der Amtmann bei jedem Haus vorbei und zieht grüßend seinen Zylinder. Erst wenn er vorbei, die Erwartung erfüllt und die Spannung weg ist, kann man sich wieder dem Tagesablauf hingeben. Viele sagen sogar: „Der Amtmann ist vorbei – wir sind wieder frei!“

„Gewohnheiten können zu großer Abhängigkeit führen und sollten deshalb zuweilen einer Veränderung unterzogen werden“, sagt der Pfarrer Justl. Er ist der einzige, der auf den Amtmann nicht wartet. Er warnt sogar die Leute im Dorf, daß sie sicher, wenn der Amtmann einmal gestorben sei, sein Gespenst täglich vorbeigehen sehen würden, wenn sie sich weiterhin so darauf einstellten.

Aber es hilft alles nichts. Man wartet täglich auf das Vorbeigehen des Amtmannes. Erst wenn er vorbei ist, wird man wieder ruhig. Manche sagen sogar: „Also gut, wir können jetzt das oder das tun – der Amtmann ist auch schon vorbei."

Nie kommt es vor, daß er umdreht, zurückgeht und etwa nochmals vorbeikommt. Im Dorfe gibt es nicht wenige, die sich bereits vor seinem Geiste fürchten, wenn er einmal gestorben sei. Deshalb wünschen sie ihm ein langes Leben und fügen ihrem Gruß stets hinzu: „Gesund bleiben, Herr Amtmann!"

Der Pfarrer Justl ist ganz verzweifelt über diese Entwicklung. Der korrekte, höfliche Amtmann, der keinem Wurm etwas zuleide tut, bringt ein ganzes Dorf in Beklemmung – nur mit seiner Angewohnheit, tagtäglich, auf die Minute genau, an einem bestimmten Ort vorbeizugehen und höflich zu grüßen.

Eines Tages spricht Hochwürden den Amtmann an. Er teilt ihm seine Sorgen mit und ersucht ihn, ob es nicht möglich wäre, seine Spaziergänge so einzurichten, daß er zu unregelmäßigen Zeitpunkten an den verschiedenen Häusern vorbeikommt. Der Amtmann schüttelt traurig den Kopf und erwidert, daß dies bereits zu spät sei. Er selber sei bereits so tief in dieser Gewohnheit gefangen, daß eine Abänderung seinen sicheren Tod bedeuten würde. Der Amtmann entschuldigt sich mit großer Artigkeit und weint fast. Somit ändert sich nichts, jahraus und jahrein und zur größten Besorgnis des verantwortungsbewußten und weitblickenden Pfarrer Justl.

Eines Tages geht der Amtmann nicht mehr vorbei. Man findet ihn tot in seiner Kammer unter dem Dachfirst im Mesnerhaus. Noch nie wurde bei einer Totenmesse soviel für die Seele eines Dahingeschiedenen gebetet als nach dem Ableben dieses Mannes. Das ganze Dorf bittet im Gebet inbrünstig für die Seelenruhe des Amtmannes, denn jedermann fürchtet, daß sein Geist umgehen werde und man ihn nach wie vor, auf die Minute genau, vorbeigehen sehen werde. Die Gebete werden erhört. Die Seele des Amtmannes hat ihre Ruhe gefunden und läßt auch den Leuten ihre Ruhe. Der Amtmann geht nicht mehr vorbei. Und so wäre alles im besten Gleichgewicht und alles hätte seine Ordnung gefunden.

Aber das Dorf ist nur kurze Zeit zufrieden. Was nicht ist, das macht man sich. Da gibt es den Übermütigen, den Boshaften, den Wichtigtuer, den Kinderschrecker. All diese sagen zuweilen hinter vorgehaltener Hand: „Heute ist der Amtmann vorbeigegangen!"

Sie sagen es so lange, bis sich die arme Seele des Amtmannes aufbäumt – und der Mann mit dem Zylinder tatsächlich wieder vorbeigehen muß. – Armer Amtmann –.

Das Weizenfeld

Margarete, die sittsame Tochter des Schulmeisters, die schon viele ehrsame Freier abgewiesen hat, hat es scheinbar vorgezogen, allein durchs Leben zu gehen. Das ganze Dorf weiß, daß Margarete sicher nicht aus Hochmut handelt, denn die meisten Leute kennen sie seit ihrer Geburt und wissen, daß Eitelkeit dem Mädchen so fremd ist wie das Feuer dem Wasser. Trotzdem rätselt man, warum dieses bildhübsche Ding keinen Schatz hat.

Der weise Pfarrer Justl sagt: „Gottes Wege sind wunderbar. Es gibt Menschen, die gewundene Pfade ziehen müssen, während andere auf schnurgeraden Rennbahnen ihrem Ziel entgegeneilen."

Wie es auch sei, die Margarete blüht dahin und man weiß nicht für wen – außer, daß man wohl für sich selbst auch blühen darf.

„Es ist doch nicht möglich", meint die Krämer-Hanni, „daß jemand nur für sich da ist. Ich zum Beispiel denke immer an irgend jemand, wenn ich glücklich bin."

Es ist Fronleichnam. In der Prozession geht auch Margarete unter den Mädchen des Dorfes, die Augen züchtig niedergeschlagen und das Gebetbuch fest umklammert – so, als wäre alles gar nicht so leicht, wie es zu sein scheint. Zwei Reihen dahinter gehen die Frauen des Dorfes. Die Schulmeisterin, die Mutter der Margarete, geht in einer der vorderen Reihen. Stolz wirft sie zuweilen einen

Blick nach vorne – zu ihrer geliebten Tochter. Die anderen Mädchen, denkt sie, gehen längst nicht so demütig dahin; sie schauen nach links und nach rechts, kichern zuweilen heimlich und sind mit Abstand nicht so brav in ihrem Verhalten wie die Margarete.

Da steht plötzlich am Wegrand Nikodemus, der Dorfvagabund, und schaut sich, den Blick nach innen gekehrt, die Prozession an. Sogleich rümpfen die einen die Nase, die anderen wenden sich bewußt ab, wieder andere kichern aufs neue und ganz Vorwitzige zeigen ihm die Zunge – dabei ist der Nikodemus einer der Edelsten im Dorfe; denn seine Vagabundage ist nur eine Äußerlichkeit.

Achtlos geht niemand an dem Vagabunden vorbei – ausser Margarete. Diese würdigt ihn keines Blickes. Die Schulmeisterin ist etwas betroffen über die Kaltherzigkeit ihrer Tochter. „Kein Wunder“, denkt sie bei sich, „wo mein Kind doch nicht einmal den angesehensten Freiern ein Augenmerk schenkt, daß sie demnach auch den Vagabunden nicht beachtet.“ Diese scheinbar logische Erklärung verschafft der Schulmeisterin aber trotzdem keine Ruhe. Während der ganzen Prozession kann sie ihre Gedanken nicht ordnen. Immer wieder denkt sie bei sich: „Als ich jung war, habe ich mir jedes Mannsbild angeschaut, auch wenn es noch so hässlich war. Zumindest habe ich dann die Nase gerümpft und mir gedacht, daß ich froh sein kann, diesen Kerl nicht heiraten zu müssen. Aber angeschaut habe ich, wie gesagt, alle. Punktum.“

Das Nichtanschauen seitens der Margarete geht der Schulmeisterin nicht aus dem Kopf und deshalb bespricht sie sich abends im Bett mit ihrem Mann. Der Schulmeister lacht laut auf und sagt: „Unsere Margarete macht sich halt nichts aus Männern; laß sie in Frieden, wenn sie dabei glücklich ist!“ Damit hat der Schulmeister den Fall abgetan; nicht jedoch seine Frau. Ihr Fühlen ist weiblich und daher anders.

In ihrer Bedrängnis beginnt sie etwas, was sie noch nie getan hat. Sie steigt ihrer Tochter heimlich nach. Wenn diese nur zum Friedhof geht, um Blumen zu gießen, oder bei anderen harmlosen Ausgängen, immer ist die besorgte Mutter hinterher…

Allzubald bekommt das Herz der Schulmeisterin einen heftigen Stoß, denn eines Tages bemerkt sie von weitem, wie die Margarete, ihre Tochter – die brave Margarete – ist es möglich?, mit Nikodemus, dem Vagabunden, in einem Weizenfeld verschwindet. Die Schulmeisterin steht wie angewurzelt da – dann beginnt sie wie betäubt herumzuirren und mit ihren aufgepeitschten Gedanken nicht zurande zu kommen.

„Diese Schande! Wenn das im Dorf aufkommt. Nein, das überlebe ich nicht!“

Die gute Frau kann sich nicht beruhigen. Sie ist wahrlich der Verzweiflung nahe. Bei der Waldkapelle kniet sie zu einem Stoßgebet kurz nieder, dann taumelt sie weiter. Nach langem Herumirren nähert sie sich wieder dem Dorf. Da sieht sie die Margarete auf sich zukommen.

„Na warte, Tochter, Dir werde ich die Leviten lesen!“, kommt es aus der bebenden Brust der Schulmeisterin.

Margarete ist inzwischen ganz herangekommen, mit einem so strahlenden Gesicht, wie die Mutter ihr Kind noch nie gesehen hat. Im nächsten Augenblick wirft sich das Mädchen an den Hals ihrer Mutter und übersprudelt sich mit einem immer wiederkehrenden Satz:

„Mutter, ich bin so glücklich!“

Die Schulmeisterin steht baff da und ist überwältigt von dieser Offenheit im Zusammenhang der Umstände. Sie getraut sich nicht, nach der Ursache dieses Glückes zu fragen. Die Schulmeisterin schließt ihr Kind weinend in ihre Arme und statt der Leviten flüstert sie der Margarete ins Ohr:

„Mein Gott, bin ich froh, Kind, daß Du kein kaltes Herz hast!“

Gespräche

Der Ferdl mit dem Holzfuß und der großen Glatze kommt, schwerbeladen, direkt aus dem Gasthaus „Zum silbernen Kranz“. Er steht einen Augenblick unschlüssig am Dorfplatz, dann schlägt er den Weg zur Krämer-Hanni ein, um seinem zweiten Laster, dem Tabakrauchen zu frönen.

„Hanni, gib mir meine Sorte, aber avanti, ich muß mir sofort eine Pfeife anzünden!“

Die Hanni schiebt ihm wortlos den Tabak hin und hält auch die geöffnete Hand hin um das Geld nach ihrem Prinzip – hier Ware, hier Geld – entgegenzunehmen. Lange stierlt der Ferdl in seiner Geldbörse herum.

Die Krämer-Hanni steht da und macht die schnippische Bemerkung: „Deine Fingernägel könntest Du Dir auch wieder einmal schneiden, Du Saubattl, dann hättest Du zwei Fliegen auf einen Schlag. Du bräuchtest Dir nämlich dann nicht den Dreck hinter den Nägeln entfernen.“

Der Ferdl blickt kurz auf: „Was geht Dich das an? Habe ich vielleicht mich schon einmal mokiert über Deine unfrisierte Frisur? Habe ich schon einmal gesagt, Du sollst ein Haarnetz tragen, wo Du doch dauernd mit Lebensmitteln zu tun hast in Deinem Krämerladen? Nein, kein Sterbenswörtchen hast Du von mir je in dieser heiklen Angelegenheit gehört. Und warum nicht? Weil ich eben ein Kavalier bin und jeden Zank vermeiden will.“

Umständlich zündet sich der Ferdl seine Pfeife an und schaut der Hanni gutmütig ins Gesicht. Die Hanni schaut weg.

Sie räsoniert weiter: „Und rasiert bist Du auch nie, Du Sa...!"

Der Ferdl ist heute sehr aufgeräumt. Er stellt eine eigenartige Frage: „Hanni, würdest Du Dich morgen abends mit mir zu einem Spaziergang bereit erklären, wenn ich ehrenwörtlich rasiert und mit geschnittenen Fingernägeln erscheinen tät?"

Der Ferdl wendet sich, nachdem er diese Frage gestellt hat, zum Gehen, denn er kann sich die Antwort denken. Aber er hat die weibliche Neugierde nicht in Betracht gezogen. Die Hanni ruft ihm nämlich nach. „Die Sache gilt, Ferdl! Einmal möchte ich Dich ordentlich angezogen, rasiert und gepflegt sehen!"

Baff dreht sich der Ferdl um. Mit allem hat er gerechnet, nur damit nicht. Er bringt nur noch heraus: „Ja, sag einmal, Hanni, schämst Du Dich denn gar nicht? Ich meine, schämst Du Dich denn nicht mit mir? Ich bin doch der Häßlichste im Dorf!"

Die Hanni erwidert langsam: „Ach was, auch im Häßlichsten ist oft Schönes verborgen. Aus basta, es bleibt dabei, wir treffen uns morgen nach Feierabend zufällig am Friedhof, ich muß ohnehin Gräber gießen."

Verschmitzt ruft sie dem ganz konfusen Ferdl noch nach: „Soll ich mit oder ohne Haarnetz kommen?"

Das feine Ohr der Krämer-Hanni vernimmt noch ganz deutlich ‚ohne Haarnetz'. Dann schließt sich die Ladentür und die Glocke bimmelt noch lange nach. Der Ferdl mit dem Holzfuß und der großen Glatze geht querfeldein, heftig rauchend und seine aufgewühlten Gedanken ordnend. Nächsten Tag treffen sich die beiden tatsächlich am Friedhof. Der Ferdl ist nur an seinem Gang wieder zu erkennen, so hat er sich herausgemacht.

Die Hanni denkt bei sich: „Eigentlich ein ganz repetierliches Mannsbild, dieser Ferdl, hätt ich mir nicht gedacht.“

Sie selbst hat sich auch besonders hübsch angezogen; lange ist sie dazu vor dem Spiegel gestanden. Während die beiden miteinander reden, ordnet die Hanni zuweilen mit gespreizten Fingern ihr ohnehin wohlfrisiertes Haar, und der Ferdl streicht sich mokant und mit fast weltmännischer Sicherheit über sein glattrasiertes Kinn. Der Ferdl und die Hanni gehen zwischen den Gräbern und ihre Gespräche sind sehr lebhaft. Interessant, was sich die beiden alles zu erzählen haben. Schließlich verlassen sie den Friedhof und gehen noch eine geraume Weile über den Anger. Dem Ferdl gefällt alles, was ihm die Hanni erzählt und die Hanni ist ebenfalls erstaunt, was der Ferdl alles weiß und wie schön er es sagen kann. Nein sowas! Zufrieden gehen sie dann auseinander, denn sie haben sehr menschenähnlich miteinander gesprochen.

Matthias und Rosa

Es geht auf Mittag zu. Matthias, der Flickschuster, kommt, aufgelöst in Körper und Seele, von der Stadt heim. Schwitzend und wutschnaubend steigt er vom Steyrerwagerl des alten Bismark, der ihn aufsitzen hat lassen, und eilt seiner Behausung zu. Unter der Haustür kommt ihm die Rosa, seine resolute Frau, entgegen. Mit gezücktem Küchenmesser, scharf auf ihn zeigend, fragt sie ihn in barschem Ton: „Du kommst gerade noch rechtzeitig und darum frage ich Dich! Willst Du zum Schweinsbraten einen Krautsalat oder den ersten Vogerlsalat? Entscheide dich rasch!"

Der Matthias schiebt das gegen ihn gerichtete Messer zur Seite und schnaubt: „Hat der Notar angerufen?"

„Vogerlsalat oder Krautsalat?", ist die Antwort der Rosa.

„Ob der Notar angerufen hat, habe ich Dich gefragt, Du Gurke Du!"

„Ob du Vogerl- oder Krautsalat willst, habe ich Dich zuerst gefragt, Du Nervenbündel!"

Der Matthias wirft Rock und Hemd weg. Erregt bis zum Siedepunkt steht er da und wischt sich mit einem Geschirrtuch, das ihm gerade unter die Finger kommt, den Schweiß vom Kopf und Oberkörper.

„Der Kraxenbauer, dieser Judas, will für seine Wiese, die ich kaufen will, jetzt auf einmal doppelt soviel als wir im silbernen Kranz beim Biertisch vereinbart haben. Irgend jemand muß ihn aufgehusst haben; womöglich gar der Notar selbst; ich traue diesem Federfuchser nicht. Dabei hat er noch recht scheinheilig gesagt, er ruft mich sofort an, wenn er den Kraxenbauer erreicht hat und es vielleicht doch noch ungefähr bei dem Preis bleibt, wie wir ihn im Wirtshaus gemacht haben. Weißt Du, Rosa, der Kraxenbauer tut nichts ohne Notar, dieses Seicherl, und der Notar glaubt, er muß das letzte Wort haben, weil er ein Notar ist. Deshalb, Rosa, frage ich Dich zum letztenmal: Hat der Notar angerufen?"

„Und ich frage Dich zum allerletztenmal: Vogerlsalat oder Krautsalat zum Schweinsbraten?"

„Hör auf mit Schweinsbraten; ich habe heute von den Schweinen genug! Aber wenn Du unbedingt meine Meinung wissen willst, so sage ich Krautsalat, da sind wenigstens keine Schnecken drinnen – und ich werden ihn sogar schneiden. Gib das Messer her, ich fange sogleich an. Brauche ohnehin eine Ablenkung, bevor ich narrisch werde!"

„Das ist eine Rede, Matthias, so gefällst Du mir! Setz Dich her, schau', da hast Du ein Brett und hier das Messer, das Du so gefürchtet hast, und jetzt schneide das Kraut, aber schön dünn! Dafür reibe ich Dir den Rücken ab; Du schwitzt ja schon wieder fürchterlich!"

Während der Matthias das Kraut schneidet und die Rosa ihm den Rücken abreibt, sagt sie so nebenbei: „Kurz bevor Du heimgekommen bist hat der Notar angerufen. Ich soll

Dir ausrichten, daß der Kraxenbauer eingelenkt hat und Du die Wiese um den Preis bekommst, wie ihr im Wirtshaus ausgemacht habt!“

Der Matthias sagt darauf gar nichts; aber sein Gesicht glättet sich wie die Haut eines Spanferkels. Was will er auch mehr? Während des Krautschneidens für seinen geliebten Schweinsbraten zu erfahren, daß man die Wiese bekommt zum Preis, den man bezahlen will, indessen einem gleichzeitig der Rücken abgerieben wird. Nanu, das ist doch was!

Das Briefgeheimnis

Der Briefträger Josef ist im Dorf eine der wichtigsten Personen. Freilich ist er nicht mit den Honoratioren wie Pfarrer Justl, Doktor Knapp, Bürgermeister, Schuldirektor und so weiter gleichzustellen, aber in Wirklichkeit steht er dennoch in ganz vorderster Reihe. Deshalb, weil er kein gewöhnlicher Briefträger ist, der die Poststücke einfach abliefert und dann wieder geht. Josef ist ein rechtschaffener Mann, aber behaftet mit einer nicht zu stillenden Neugierde. Dadurch, daß er Landbriefträger ist und alle Bewohner der Gemeinde ein Leben lang in Freud und Leid kennt, ist es ihm unmöglich, eine offene Karte beim Empfänger abzuliefern ohne daß er sie nicht vorher genau studiert und sich seine Gedanken darüber gemacht hat. Geschlossene Briefe hält er oft lange gegen das Licht, um einige Zeilen erhaschen zu können. Schlecht verschlossene Poststücke öffnen sich in seinen Händen oft fast von selbst; nun ja, und dann liest er sie halt.

„Was kann ich dafür, wenn die Leute ihre Briefe so schlampert verschließen?“, beruhigt der Josef brummend sein Gewissen. Nachher klebt er sie dann ordentlich zu, was eigentlich der Absender hätte tun müssen.

Bei seinen Gängen durch den Wald und über die Fluren geht er in angeregten Selbstgesprächen alle Möglichkeiten durch, welche die postalischen Mitteilungen in seiner Ledertasche wohl wieder verursachen mögen. Viele Leute sehen in ihrem Briefträger nur den Wichtigtuer, der er ja zweifelsohne auch ist, aber wenige ahnen, in welche Gewissenskonflikte sich der gute Josef durch seine Neugierde gebracht hat. So ist es ihm zum Beispiel unmöglich, Todesanzeigen kommentarlos auszufolgen. Behutsam bereitet er die Leute auf die unangenehme Post vor. Ferner liest er in den bittenden Augen der heranwachsenden Jugend und winkt schon von weitem, wenn er endlich eine sehnlichst erwartete Liebesbotschaft überbringen kann. Der gute Josef freut sich bei den schönen Nachrichten mit, grinst bei der Übergabe über das ganze Gesicht und wird im ersten Ansturm oft mehr gefeiert als der Absender selbst. Dafür fühlt er sich aber bei schlechten Mitteilungen erst recht verantwortlich und es kommt nicht selten vor, daß er, zumal bei einfältigen Personen, Antwortschreiben aufsetzen muß. So ist der Josef eine Vertrauensperson ersten Ranges im Dorf geworden. Meist wird ja die Post sofort geöffnet, während er noch neugierig wartend dasteht und oft heißt es dann: „Josef, wie ist das möglich? Das lasse ich mir nicht gefallen! Was soll ich darauf zurückschreiben?“ Oder: „So eine Sauerei, jetzt will die Versicherung nicht zahlen, was soll ich tun?“

Aber der Josef weiß immer einen Rat. Er kennt des Lebens Auf und Ab wie kein anderer und er zeigt den Leuten oft Hintertürln, die nicht einmal der Bürgermeister kennt. Der Briefträger könnte ja längst in die Rente gehen, aber sein ausgeprägtes Verantwortungsbewußtsein läßt ihn davor zurückschrecken.

„Was würden die Leute ohne mich tun?“, ist sein Denken. Der Josef kann sich gar nicht ausmalen, wie arm das Dorf wäre, wenn ein etwaiger Nachfolger – womöglich gar so ein junger Gigerl – die Briefe einfach zustellt ohne jeder geringsten Anteilnahme – sorgsam das Briefgeheimnis wahrend – pfui!

Dieses Faktotum von einem Briefträger keucht mit der schweren Tasche durch den Wald. Bei der Kapelle am Waldrand gönnt er sich eine kurze Rast. Umständlich zündet er sich eine Pfeife an und dann wiegt er einen Brief nach dem anderen in Händen ab, als ob er schon vom Gewicht her die Bedeutung des Inhaltes erkennen könnte. Plötzlich verharrt der Josef in baffem Erstaunen, denn da ist ja ein Brief darunter, der an ihn selbst gerichtet ist – und bereits geöffnet ist. Sein geübtes Auge erkennt sofort, daß der Brief ordnungsgemäß zugeklebt war und von einer unbefugten Person einfach mir nichts dir nichts geöffnet wurde. Obwohl es sich nur um eine belanglose Reklame handelt, ist der Briefträger furchtbar entrüstet:

„So eine Frechheit! Aufmachen tue ich mir meine Post wohl selbst, auch wenn es noch so etwas Unwichtiges ist. Nein, so was; wen geht meine Post was an? Wer kann das getan haben? Irgend eine Person vom Postamt muß es wohl gewesen sein; sonst kommt doch niemand vorzeitig an die Poststücke heran!“ Nach langem Nachdenken – seine Pfeife erkaltet – wird es im oberen Stockwerk des Josef immer heller und heller.

„Hat mich etwa ein undankbares Geschöpf beim Amt angekreidet? Mich, der ich es doch immer so gut meine!“

Der Briefträger Josef wird über diesen Fingerzeig immer nachdenklicher. Er zündet sich eine neue Pfeife an, zieht heftig daran und kommt nach langem Sinnen zu folgendem Schluß:

„Letztlich weiß eine dritte Person doch nicht die wahren Beweggründe, warum wer wem was schreibt und wenn ich ganz ehrlich zu mir selbst bin, war mein Einsatz für die Leute, wenn ich ihnen geholfen habe, doch nur der Preis dafür, den ich bezahlt habe für das schlechte Gewissen, das ich immer dabei hatte, wenn ich die Post fremder Leute gelesen habe. Scheinbar darf es doch nicht sein, auch nicht mit den besten Absichten, die ja auch nur bedingt gut sind, in die privaten Belange anderer einzudringen."

Josef erhebt sich und geht mühselig, mit dem Vorsatz, ab nun auf seine jahrelang geübte Gewohnheit zu verzichten, ins Dorf hinab. Aber wie jedes Ding seine zwei Seiten hat, hellt sich die Miene des Briefträgers plötzlich auf. Seine Brust hebt sich in selten empfundener Glückseligkeit und Josef stammelt laut vor sich hin:

„Ja, da kann ich ja dann ohne weiteres meine wohlverdiente Rente antreten! Frei bin ich – ich bin frei! Ich brauche mich nicht mehr um etwas zu kümmern, was mich ohnehin nichts angeht. Mein Gott, war ich dumm. Wenn ich nochmals auf die Welt komme und wieder Briefträger werden sollte, das Briefgeheimnis soll mir ein heiliges Gesetz sein!"

Die arme Haut

Daß die Mesnerin Haare auf den Zähnen hat, weiß jeder im Dorf. Außer sich selbst hat sie mit ihrer spitzen Zunge schon jeden, ohne Ausnahme, an den Pranger gestellt. Gäbe es noch die Sittenpolizei; hier im Dorfe wäre sie nicht nötig, denn man hat ja die Mesnerin, die vom ersten Hahnenschrei bis Sonnenuntergang aufpaßt, daß nichts unmoralisches oder dergleichen geschieht.

Der Ferdl mit dem Holzfuß und der großen Glatze und der Flickschuster Matthias, beide im Rufe des Schwadronierens, aber in Wahrheit die tiefsinnigsten Köpfe im Dorf, sitzen im „Silbernen Kranz“ und diskutieren über Schein und Wirklichkeit.

Der Ferdl schmettert den Deckel seines Bierkruges zu und sagt zum Matthias: „Ich wette mit Dir um drei Häuser, wenn ich sie hätte, daß wir über die Mesnerin nicht einmal soviel wie schwarz hinter dem Nagel wissen, denn ein Biest ist auch nicht umsonst ein Biest!“

„Ja freilich“, pflichtet ihm der Matthias bei, „hat es da etwas. Es muß wohl immer und überall etwas haben, was nicht sein soll, sonst könnte doch durch Dagegenwirken die Statik, die Ausgewogenheit, nicht hergestellt werden!“

„Gar nicht so schlecht gesprochen, Matthias! Aber wer sagt Dir, daß es unbedingt nötig ist, daß zuerst die Waagschale heruntergedrückt wird, um dann durch Gegengewicht wieder den Ausgleich zu schaffen? Könnte nicht gleich das protzige Hinwerfen auf die Waage unterbleiben und alles wäre im Frieden?“

„Nein, nein, Ferdl, vergiß das. Zuviel Frieden verleitet zur Trägheit; das heißt, daß nichts passiert; weder im Guten noch im Schlechten. Es muß aber immer etwas passieren, weißt Du, Ferdl, sonst gäbe es keinen Fortschritt!"

„Verdammt noch einmal, Matthias! Für diesen Satz verzeihe ich Dir allen Stumpfsinn, den Du zuweilen von Dir gibst. Du hast nämlich recht. Das Blöde, das Grausliche, das Verkehrte, das Ungerechte ist genauso wichtig wie das Gegenteil davon!"

„Sag nicht ‚wichtig', wenn das der Pfarrer Justl hört, schickt er Dich zur Buße dreimal auf den Kalvarienberg, auch wenn er sich, während Du nach dort unterwegs bist, ebenfalls denkt, daß es wichtig ist, daß es so ist. Begnüge Dich damit, daß Du erkannt hast, daß es so ist und sage lieber ‚das darf nicht sein' und wirke dagegen!"

„Still, still, Matthias, das ist mir zuviel auf einmal! Obwohl ich nicht dumm bin, kann ich nicht verdauen bevor ich gegessen habe!"

Eine lange Pause tritt ein. Der Ferdl trinkt und schiebt den Bierkrug hin und her, während der Matthias stumm einer Fliege zuschaut, wie sie sich auf einer Stuhllehne die Flügel putzt, statt auf den Fliegenfänger hereinzufallen und dort kleben zu bleiben.

Endlich brummt der Ferdl: „Was ist jetzt mit der Mesnerin?"

„Weiß der Teufel!", gibt der Matthias zurück, „wahrscheinlich ist sie aus einem für uns unerklärlichen Grund dazu verurteilt, die Waage immer herabzudrücken, die arme Haut!"

Der Hausgeist

Matthias der Flickschuster, ist ein Genießer. Er hüllt sich nicht nur gerne in die blauen Schwaden seiner Zigarren, sondern er ißt und trinkt auch gerne und nicht wenig. Mit aufgehobenen Fingern schwört er, daß nur im Wein die Wahrheit liegt und sonst nirgendwo. Gottlob hat Rosa, seine resolute Frau, ungefähr dieselben Ansichten. Deshalb geht im Hause des Flickschusters das Gesottene und Gebratene, das Eingesülzte oder sonst auf irgendeine Art haltbar gemachte nie aus. Lucullus würde vor Neid erblassen, könnte er den Keller des Matthias und der Rosa sehen. Der Keller ist schlechthin die Schatzkammer der sonst eher ärmlichen Behausung des Flickschusters. Heute war wieder einmal ein besonderer Tag des Essens und Trinkens. Rosa hat Geburtstag und das halbe Dorf war eingeladen. Die sonst so spitzen Zungen der Krämer-Hanni, der Barbara, der Res und der Mally haben heute geschwiegen wie die Gräber; zusehr waren sie mit den aufgetischten Köstlichkeiten der Rosa beschäftigt.

Beim Abschied der Gäste hat der Pfarrer Justl in bester Weinlaune dem Matthias noch auf die Schulter geklopft: „Matthias, wenn Du vor mir stirbst, muß die Rosa Pfarrersköchin werden. Meine jetzige Köchin kann ihr ja dann beim Erdäpfelschälen helfen, denn direkt verstoßen mag ich sie auch nicht!“ Dröhnendes Gelächter folgt den Worten des Justl. Nachdem endlich alle das Schusterhaus verlassen haben, läßt sich die Rosa erschöpft, aber glücklich, in einen Sessel krachen. Es werden noch ein paar Bemerkungen über die erhaltenen Geschenke ausgetauscht, aber dann wird es still im Haus. Matthias läßt sich todmüde ins Bett fallen. Die Nacht hat längst ihre Schwingen ausgebreitet und der Mond rollt grinsend über die Giebeldächer. Aber der Matthias liegt hellwach im Bett und kann nicht einschlafen, denn zusehr hat er heute über die Stränge gehaut. Da kommt ihm plötzlich die glorreiche Idee: „Schlafen kann ich sowieso nicht; somit könnte ich noch irgend etwas essen! Was könnte ich noch essen? Die Rosa hat alles in den Keller getragen!"

Der Matthias bringt den Gedanken nicht mehr aus dem Kopf, daß er eigentlich noch irgendwas essen könnte. Er schlüpft in seinen Schlafrock und begibt sich sofort in den Keller. Alles auf leisen Sohlen, um die Rosa nicht aufzuwecken. Nach einigen Zugriffen bei Pasteten, eingelegten Gurken und Rollmöpsen landet er bei einem ganz delikaten besoffenen Kapuziner.

„Ein besoffener Kapuziner ist eigentlich kein reines Essen und auch kein reines Trinken; man kann daher ohne weiteres etwas mehr davon zu sich nehmen!" So denkt der Matthias und schmatzt vergnügt dahin, so, als ob er seit drei Tagen nichts zu essen bekommen hätte. Plötzlich verlöscht die Kerze durch einen Luftzug von der Kellertür her. Im selben Augenblick nimmt der Matthias auf der Kellerstiege eine weiße Gestalt wahr. Der Flickschuster hält den Atem an und rührt sich nicht. Es vergeht eine schier endlose Zeit, bis die weiße Erscheinung auf der

Kellerstiege sich wieder entfernt. Zutiefst erschrocken flüchtet der Flickschuster zurück in das Schlafzimmer und zieht die Decke über den Kopf.

Am Morgen geht es dem Matthias gar nicht gut. Alles dreht sich in seinem Kopf. Zur Rosa sagt er jämmerlich: „Ich habe noch nie an Geister geglaubt; aber ich fürchte, wir haben einen Geist im Haus. Ich weiß nicht, habe ich es geträumt oder sonst was; aber ich glaube wahrhaftig, Rosa, wir haben einen Geist im Haus. Dabei habe gerade ich nie an Geister geglaubt!"

Direkt zum Erbarmen schaut der Matthias beim Frühstück drein. Nicht einmal die Butter, die er sich sonst fingerdick aufstreicht, rührt er an.

„Jaja", sagt die Rosa, „ich habe auch nie an Geister geglaubt, aber seit heute nacht glaube ich es auch, daß wir einen Hausgeist haben und zwar einen ganz wirklichen, einen solchen, der sogar einen besoffenen Kapuziner essen kann!"

Ein ganzer Kerl

Der Ferdl mit dem Holzfuß und der großen Glatze sitzt im „Silbernen Kranz“ und trinkt. Er glaubt, er muß seine Sorgen wegtrinken. Er glaubt fälschlicherweise, daß man Sorgen wegtrinken kann. Ein Bier, ein Schnaps, dann wieder ein Bier und wieder ein Schnaps. Das ist die unerschütterliche, strenge Reihenfolge. Die Anzahl weiß nur der Wirt mit seinem stets betroffenen Gesicht. Der Wirt vom „Silbernen Kranz“ schaut immer betroffen und glotzaugig drein, auch wenn er gerade dabei ist, ein gutes Geschäft zu machen. Wahrscheinlich ist auch nicht alles in Ordnung bei ihm.

Zurück zum Ferdl. Dieser hat jetzt etwas ganz wichtiges zu denken – er denkt wieder einmal über sich selbst nach. Er kommt zu dem Resultat, daß alles Schöne in seinem Leben sich vor dem Krieg abgespielt hat – also vor seiner Kriegsverletzung – also bevor er der Ferdl mit dem Holzfuß war. „Jaja, da war ich der Ferdl mit der schweren Maschin. Ich war einer der ersten im Dorf, die ein Motorrad hatten. Nicht einmal der Doktor Knapp hat so ein prächtiges Motorrad gehabt. Wenn ich an seinen Hühnerschrecker denke, kommt mir das Grausen. Wenn ich das Gas aufgedreht habe, sind die Leute im Dorf zu den Fenstern geeilt und haben gestaunt, welchen Staub ich mit meiner 500-er aufwirbeln konnte. Und mit dem Geld konnte ich in meiner Hosentasche klimpern wie kein anderer. Die Bauernssöhne hatten es wohl, aber sie durften nicht klimpern damit. Meine Mutter war arm, aber sie hat sich gefreut wenn ich mit meinem und ihrem Geld geklimpert habe. Jaja, da hat sie gekichert. Sie wird schon gewußt haben, warum. Die Mädchen, die Feinen als auch die weniger Feinen, haben sich gefreut, wenn sie bei mir am Sozius mitfahren durften – und kein Waldrand war vor mir und meiner schweren Maschin sicher. Da war die Lisbeth, die sich am Motorrad, sie sagte – aus Angst –, immer so an mich angeschmiegt hat. Da bin ich dann immer recht schnell gefahren. Jaja, ich war ein ganzer Kerl. Ein Kerl war ich, ein ganzer Kerl. Und was bin ich jetzt? Der Ferdl mit dem Holzfuß und der großen Glatze bin ich, den man als Vaterlandsverteidiger viel zuwenig beachtet. Ja, man beachtet mich eigentlich überhaupt nicht. Alles ist wichtiger als ich. Eigentlich würde ich in den Gemeinderat gehören; aber was soll ein Invalide im Gemeinderat? Die Gescheiten glauben, Gebrechen am Körper ist gleich Gebrechen am Geist. Diese Hirnverrückten. Meine Gescheitheit bleibt also nur bei mir selbst; dabei möchte ich sie dem allgemeinen Wohl so gern anheimstellen. Nein, es geht nicht, die Großkopferten wollen unter sich bleiben – sie wollen herrschen und beherrschen."

Der Wirt zeigt auf das leere Glas.

„Fülle und geh weg – und störe meine Gedanken nicht".

Diese arrogante Bemerkung trägt dem Ferdl sicher ein zusätzliches Stricherl auf seiner Schuldenskala ein. Aber das ist dem Ferdl jetzt wurscht, denn seine Gedanken sind im Flug und niemand darf sie herunterholen. Schon gar nicht dieses Glotzauge von einem Wirt. Im Hirn des Ferdl rumort es weiter: „Wenn ich meine Kriegsverletzung nicht gehabt hätte, wäre ich dann ein ganzer Kerl geworden? Kein Stänkerer?“

Der Ferdl wird ganz unruhig, denn er ist an einem Punkt angekommen, wo er beileibe nicht mehr weiter weiß. Das ist ja überhaupt der Punkt. Ist man nicht, wie man ist? Zwischenfälle werden ja so gerne benützt um zu sagen – wenn – wenn – wenn! Der Ferdl ist klug genug, um zu erschaudern. Er hat immer auf seinen Holzfuß geschaut und gejammert. So was Blödes. Akkurat hat er sich dem Äußerlichen unterworfen, statt seinen Geist, seinen kostbaren Geist, einzusetzen.

Der Wirt nähert sich wieder.

„Geh weg, siehst Du denn nicht, daß ich denke?“ Betroffen, wie immer, entfernt sich dieser und macht ein Stricherl – ein Stricherl für etwas, was er nicht gegeben hat; denn der Wirt muß seinen Groll befriedigen. So machen es viele, nicht nur der Wirt. Über all diesen Niederungen des Lebens schwebt jedoch in diesem Augenblick der Ferdl.

Der Ferdl mit dem Holzfuß und der großen Glatze ist nämlich zur Überzeugung gekommen, daß man nur ein ganzer Kerl sein kann, wenn man sich selbst gegenüber gerecht ist. Gerecht, und sonst gar nichts.

Der Brand

Es brennt, es brennt!“ Schreiend rennt der Ernstl durchs Dorf. „Es brennt!“, brüllt er es in alle Ohren.

„Wo? – Wo?“, will jeder wissen. Aber der Ernstl rast schon wieder weiter, überall verkündend, daß es brennt.

„Der Lausbub!“, rauft sich die Krämer-Hanni die Haare. „Im Vorjahr hat er es genauso gemacht und dann, nach drei Ohrfeigen hat er gestanden, daß es im Ofen brennt.“ Die Zweifel der Hanni werden aber diesmal sofort beseitigt, denn vom Turm bellt im nächsten Augenblick die Sturmglocke – wild und beißend. Die Leute rennen zusammen und wieder auseinander.

„Es brennt, es brennt! Wo? – wo?“ Bald weiß es jeder. Das Gemeindeamt brennt. Nach der Kirche das wichtigste Gebäude im Dorf brennt. Lichterloh brennt es. Dicke Rauchschwaden strömen, Entsetzen verbreitend, in die Gassen. Konfus hastet alles durcheinander. Aus Angst, daß die Flammen auch auf das eigene Anwesen übergreifen, werden in der Aufregung Dinge aus den Häusern getragen, die es wahrhaftig nicht wert sind, gerettet zu werden. Die Barbara rennt mit einer Schere herum, die sie dem Feuer entreißen will und die Res flüchtet mit einem eisernen Weihbrunnkessel, während sie vergißt, richtig brennbares Zeug in Sicherheit zu bringen. Es herrscht ein großes Durcheinander. Aus dem Zeughaus werden lange Schläuche gerissen und aneinandergekoppelt. Andere schreien „Wasser!“

Trotz dieser allgemeinen Aufregung schweigt jedoch der Dorfklatsch keinen Augenblick. Der Ferdl mit dem Holzfuß und der großen Glatze fuchtelt wild mit seinem Stock:

„Das Haus ist angezündet worden! Ein Gemeindeamt brennt nicht von selbst, es sei denn, der Blitz schlägt ein. Vielleicht haben es die Großkopferten selbst angezündet – sicher wird es so sein!"

Der lange Hannes fragt in das allgemeine Entsetzen einfältig hinein:

„Verbrennen da auch wichtige Akten? Beispielsweise über Alimente etcetera, etcetera?"

Matthias, der Flickschuster, dreht sich wie elektrisiert um und ein dankbarer Blick trifft den Hannes. Dann hastet Matthias weiter, aber nicht dem Gemeindeamt zu, sondern er läuft, so schnell ihn seine Füße tragen, wieder zurück, heim ins eigene Haus. Dort angekommen, heizt er den eisernen Bummerl rasch ein und beginnt, in seinen verschiedenen Schubladen zu kramen. Hastig rafft er Papiere zusammen und, man möchte es nicht für möglich halten, schiebt sie in den Ofen. Der Matthias ist in seine Arbeit so vertieft, daß er nicht bemerkt, daß Rosa, seine resolute Frau, schon die längste Zeit in der Türe steht und ihm bei seiner sonderbaren Tätigkeit zuschaut. Endlich fährt sie in barsch an:

„Was tust Du da? Ist das jetzt so wichtig? Du bist doch Feuerwehrhauptmann! Warum bist Du nicht beim Brand?"

Erschrocken fährt der Matthias herum; aber er erfängt sich beachtlich schnell.

„Weißt Du, Rosa, einer Obrigkeit fällt beim Fordern von… beispielsweise von Steuern… immer allerhand ein.

Soll man da mit eventuellen Kopien unbedingt mithelfen, wenn es das Schicksal, in diesem Falle der Brand, es ja gar nicht will? Ich möchte mit reinem Gewissen sagen können „ich habe nichts“ und deshalb verbrenne ich diesen Plunder nun endgültig. Aus, basta!“

Die Rosa wendet sich entrüstet ab und verläßt die Werkstatt ihres Mannes. Aber in der Küche geht ein stolzes Lächeln über ihr Antlitz und sie sagt zu sich selbst: „Na sowas, man muß ja direkt Respekt vor dem Matthias haben!“

Schließlich geht sie schnell in den Keller und schenkt sich ein Glas vom Besten ein. Damit setzt sie sich ans Fenster, nippt vom Wein und schaut fast vergnügt ins Dorf hinauf – zum Brand. Aber plötzlich kommen in ihr Zweifel auf.

„Was hat der Matthias wirklich verbrannt? Er ist doch mit den Steuern nie im Rückstand gewesen und ihm, dem gewissenhaftesten Feuerwehrhauptmann, ist es wichtiger, zuhause Papiere zu verbrennen, als beim Löschen zu sein?“

Die Rosa wackelt bedenklich mit dem Kopf. Dennoch trinkt sie, wohl sehr nachdenklich geworden, ihren Wein, und schaut immerfort zu den Flammen hin. Schließlich kommt sie noch ins Philosophieren: „Wie so ein Feuer, das alles ausrottet, im letzten Augenblick noch so manches hell beleuchten kann!“

Dann sinniert sie weiter: „Liegt nicht in jedem Niedergang die Möglichkeit zu neuem Beginn?“

Jedenfalls, das weiß die kluge Rosa, in der zurückbleibenden Asche wird sie nicht herumstochern.

Foto: Maria Schreibelmayr

Foto: Defner

Eine sonderbare Wette

Der Ferdl mit dem Holzfuß und der großen Glatze ist selbst schon lange nicht mehr der Jüngste. Aber seine Tante, die Tante Klara, die den Ferdl recht gut leiden kann, ist viel älter als er. Über neunzig ist sie. Mit Humor und einer einzigartigen Verbissenheit ist es ihr immer wieder gelungen, dem Werben des Sensenmannes die kalte Schulter zu zeigen. Vom Sterben will sie einfach nichts wissen.

Aber jetzt ist die Tante Klara ernsthaft erkrankt. Auf ihre Art sucht sie jedoch bereits nach einem Ausweg aus ihrer nun wirklich bedenklichen Lage. Plötzlich hat sie eine Idee – eine ihrer absurden Einfälle, die immer ihr Leben begleitet haben. Sie läßt ihren Neffen, den Ferdl, brandeilig verständigen, er möge sie sofort im Krankenhaus besuchen, es sei etwas ganz Wichtiges.

Mühsam, selbst an allen Gliedern laborierend, schleppt sich der Ferdl mit dem Holzfuß und der großen Glatze an das Krankenbett seiner Tante Klara. Schnaufend und schwitzend läßt er sich nieder. Die Schwester muß dem Erschöpften sofort ein Glas Wasser bringen. Die mitgebrachten Rosen werden von der Tante fast widerwillig entgegengenommen und sofort zur Seite gelegt. Die Tante will gleich zur Sache kommen:

„Ferdl, paß auf! Nimm Dich jetzt zusammen und folge meinen Gedankengängen! Ich wette und setze dafür zehntausend Schilling ein, daß ich wieder gesund werde! Wieviel wettest Du für dasselbe? Allerdings möchte ich, im Falle, daß ich überlebe, Deinen und meinen Einsatz kassieren und wenn ich sterbe, sollen beide Einsätze der Erbmasse zufallen!"

Die Tante Klara reckt dem Ferdl eigensinnig ihr spitzes Kinn entgegen und ihre Augen funkeln angriffslustig. Der Ferdl ist betroffen über die Einseitigkeit dieses Vorschlages, bei dem er nur verlieren kann und sonst rein gar nichts. Das heißt, wenn er das Vermögen der Tante mehrt, vergrößert er die Erbschaft für die überaus liebe Verwandtschaft. Eine wahrhaft blöde Situation.

Nachdenklich und nach Luft schnappend sitzt der Ferdl am Krankenbett der Tante Klara und sieht einer Fliege zu, wie sie am Bettrand dahinsucht. Geläutert durch viele eigene Wehwehchen fühlt er sich schlußendlich verpflichtet, einem hoffenden Menschen mit ganzer Kraft beizustehen. Außerdem hat er selbst keine nahestehenden Erben – nimmt also niemandem etwas weg. Daher spricht der Ferdl mit dem Holzfuß und der großen Glatze den tapferen Satz:

„Liebe Tante, ich wette um hunderttausend Schillinge, daß Du wieder gesund wirst!"

Die Augen der Tante Klara leuchten auf; teils aus Habgier, teils aus Freude darüber, daß dem Ferdl ihre Gesundheit soviel wert ist. Nach kurzem Nachdenken:

„Aber Ferdl, diese Menge Geld hast Du doch gar nicht!"

„Ich nehme mir einen Kredit auf, Tante!"

„Nein, das werden wir nicht machen! Ich strecke Dir das Geld vor – den Banken stecken wir nicht das Geld in den Rachen. So, und jetzt laß mich allein, sonst wird es mir zu anstrengend. Ich brauche nun alle Kräfte zum Gesundwerden, damit ich die hunderttausend Schillinge gewinne. Da, die Rosen gib beim Hinausgehen der blonden Schwester und sag ihr, sie soll mich nie lange warten lassen, wenn ich klingle!“

Kopfschüttelnd verläßt der Ferdl das Krankenhaus. Die Tante wird tatsächlich wieder gesund. Mit hämischer Freude läßt sie den armen Ferdl den Schuldschein unterschreiben.

Daß der Ferdl von seiner Tante Klara in ihrem Testament ohnehin als Universalerbe eingesetzt ist, und der Schuldschein dadurch keine Bedeutung hat, steht auf einem anderen Blatt.

Im Läutkammerl

Friedlich läutet die Glocke im hohen Turm der Dorfkirche den Abend ein. Dankbar blickt der Knecht vom Acker auf und lenkt die Pferde nach fleißiger Arbeit heimwärts. Auf den Hausbänken rücken die Leute zusammen zu fröhlichem Schwatz. Genießerisch umständlich werden Pfeifen in Brand gesetzt. Hinter dem blühenden Flieder hört man das Kichern der Mädchen. Die Schwalben jagen emsig in den Mückenschwärmen. Die Welt ist heil.

Inmitten dieser Eintracht hebt jedoch der Ferdl mit dem Holzfuß und der großen Glatze lauschend den Kopf. Sein Blick schweift zum Turm hinauf. Ihm kommt es vor, als hätte die Glocke ihr Lied nicht richtig zu Ende gesungen; als hätte ihr jemand den Mund zu frühzeitigem Verstummen zugehalten. Der Ferdl schüttelt den Kopf und brummt in sich hinein: „Die Glocken läuten auch nicht mehr so wie früher." Wäre er aufgestanden und ins Läutkammerl nachschauen gegangen, hätte er des Rätsels Lösung miterlebt.

Franzl, der es faustdick wie Mumps hinter den Ohren hat, läutet heute die Abendglocke und er freut sich während des ganzen Geläutes auf den Abschluß, wo er sich dann, damit die Glocke schön ausatmen kann, am Seil bis auf die Decke der Läutkammer hinaufziehen läßt. Jetzt ist der glückselige Augenblick da. Der Strick geht mit dem Franzl hoch. Aber das normale Hochgezogenwerden genügt dem

Buben nicht. Er stößt sich heftig ab und es geht mit ihm jetzt nicht nur hinauf, sondern gleichzeitig in heftigen Schaukelbewegungen hin und her.

„Herrlich", jauchzt der Franzl. „Eine Kirtagschaukel ist da rein gar nichts dagegen!" Aber lange dauert sein Triumph nicht.

In einer Ecke der Kammer steht der Paradekatafalk mit dem Sarg, den man bei Requien für an der Front Gefallene stellvertretend für einen wirklichen Sarg verwendet. Um das Innere dieses Prunkstückes von einem Sarg zu nützen, hat die Mesnerin dort die Papierrosen aus Kreppapier gelagert, die man bei verschiedenen Festlichkeiten immer wieder braucht und die nicht von selbst weniger werden sollen; – deshalb auch dieser Ort der Aufbewahrung.

Aber zurück zum Franzl. Dieser schwingt mächtig, sich vorkommend wie der Glöckner von Notre Dame, in der Läutkammer hin und her. Immer wieder stößt er sich von den Mauern ab, um das Spiel so lange wie möglich treiben zu können. Doch plötzlich verlassen ihn die Kräfte; seine Finger lösen sich vom Glockenseil und Franzl stürzt ab; just in dem Augenblick, wo er sich gerade über dem Sarg befindet. Der Deckel wird durch die Wucht des Aufpralls herabgeschleudert und der Franzl landet im Sarg, versinkend in einem Meer von Papierrosen. Das Seil schlängelt sich zurück in die Mitte der Kammer wie eine Kobra in ihren Korb. Zitternd wie ein gehetzter Hase liegt der Franzl im Sarg. Stumm, wie es sich dort gehört. Aber plötzlich, nach Überwindung einer großen Baffheit, schreit der Bub aus Leibeskräften um Hilfe.

Die Mesnerin ist zum Glück gerade in der Kirche. Sie hantiert vorne beim Altartuch und hört die Hilferufe. Kommt das nicht aus der Läutkammer? Mit neugierig vorgestrecktem Kopf eilt sie nach rückwärts und fragt zaghaft: „Ist da jemand?“

Verzweifeltes Schreien und Pochen aus dem Sarg lassen der Mesnerin das Blut in den Adern erstarren. Schreckensbleich stürzt sie hinaus und verläßt rennend die Kirche. Erst am Dorfplatz draußen ist sie fähig zu stammeln: „Drinnen in der Läutkammer geistert es! Aus dem Sarg kommen Hilferufe!“

Die Leute lachen und räkeln sich auf den Hausbänken vor Vergnügen. Nur dem Ferdl mit dem Holzfuß und der großen Glatze kommt plötzlich wieder in den Sinn, wie eigenartig sich die Glocke am Schluß des Geläutes verhalten hat.

„Wir müssen sofort nachschauen“, sagt er; und schon humpelt er über den Dorfplatz der Kirchentüre zu. Andere schließen sich an. Auf leisen Sohlen, wie eine Prozession von Gespenstern, dringen sie in die Kirche ein und rücken gegen das Läutkammerl vor; Angst und Neugier in den Gesichtern.

Zurück zum armen Franzl. Diesen hat, nachdem die Mesnerin davongelaufen ist, ein nicht mehr überbietbares Grauen erfaßt. Endlich gelingt es ihm, sich selbst aus seinem Gefängnis zu befreien. Aber beim Herausklettern bleibt er hängen und der Bub stürzt mitsamt dem schönen Sarg vom Katafalk und bleibt auf den Steinfliesen des Läutkammerls liegen. Die feinen Blumendrähte der Papierrosen haben ihm Hände und Gesicht rot geritzt und der Franzl schaut aus wie ein tätowierter Indianer. So finden ihn die Leute. Der Franzl ist trotz seines durchgestandenen Schreckens Lausbub genug, sofort die Augen zu schließen und sich tot zu stellen.

„Jessas, der Franzl! Um Gottes Willen, holt sofort die Fannytant und den Doktor!“ Beide sind rasch zur Stelle. Wirklich herzzerreißend ist das schmerzvolle Schluchzen der Fannytant, die ihren Schützling über alle Maßen liebt und die Leute stehen erschüttert im Kreise. Aber der Franzl ist tapfer und hält die Augen krampfhaft geschlossen. Da nimmt der Doktor Knapp, der nach kurzer Untersuchung den Braten sofort gespannt hat, ein Fetzchen von einer Papierrose und kitzelt den Franzl in der Nase. Das Gesicht des Lausbuben läuft vor Anstrengung und Zurückhaltung rot an und schließlich kann sich der Franzl nicht mehr beherrschen. Der Bub öffnet die Augen, richtet sich auf – und lebt. Mit Rotz in der Nase, Wasser in den Augen und einem ungeheuerlichen Grinsen im Gesicht sitzt der Franzl da – und lebt.

„Er lebt, er lebt!“, jubiliert die Fannytant. Aber beim drittenmal fügt sie bereits hinzu: „Der Malefizbub lebt“; und dabei erhebt sie drohend den Zeigefinger zum Franzl hin. Dann wird aus der Kirche gegangen. Dankbar verneigt sich die Tante vor dem Altar. Der Franzl ist bereits vorausgelaufen, denn er hat Hunger. Nach dem Essen betrachtet er im Spiegel die roten Striemen im Gesicht und auf seinen Händen. Stolz wölbt er seine Brust heraus:

„Die anderen Indianer haben ihre Tätowierungen nur mit Tintenbleistift aufgemalt – die meinen sind echt.“

Beim Ausziehen vor dem Zubettgehen findet der Franzl noch eine verirrte Papierrose in seiner Hosentasche und ein leichtes Gruseln kommt nochmals über ihn. Aber schnell hat er es wieder überwunden, denn dafür kann er sagen, daß er schon einmal lebendig im Sarg gelegen hat, wohl auf Rosen gebettet, aber immerhin, er war im Sarg. Und doppelt pulst nun seine Freude am Leben.

Pfarrer Justl und die Krämerin

Die Krämer-Hanni steht an der Schwelle des Alterns. Ihre Glanzzeit ist unwiederbringlich in die Vergangenheit entschwunden, ohne eigentlich jemals eine solche gewesen zu sein. Zu sehr war ihr Wesen dem Profit ausgerichtet. Ihr ganzes Leben hat sich im Krämerladen abgespielt. Wohl hat es ihr in jungen Jahren nicht an Freiern gemangelt; aber immer glaubte die Hanni, die Männer spitzen ja nur auf die Krämerei, obwohl dem sicher nicht immer so war. Viele Bewerber hätten in der reschen, feschen Hanni zuallererst das Weib gesehen. Aber die Hanni war von ihrem Heiligtum, der Krämerei, so verblendet, daß sogar der weiblichste Urinstinkt, das Erkennen echten Begehrens, darunter litt. Was die geringste Stallmagd mit Treffsicherheit erkennt, hat die Hanni Zeit ihres Lebens nicht wahrgenommen.

So sind die Jahre bei ihr ohne Zweisamkeit dahingegangen und jetzt, im heraufdämmernden Alter, fragt sich die Krämerin allen Ernstes, für wen sie das Geschäft aufgebaut hat und wem sie einst ihr aufgehäuftes Geld vermachen soll? Oft steht sie nun vor dem Spiegel und betrachtet sich wehmütig. Sie weiß, daß es nicht nur die grau werdenden Haare und die Falten im Gesicht sind, die ihr Kummer bereiten. Die Hanni spürt das Altern von ihrem Inneren heraus. Sie glaubt seit einiger Zeit, dagegen etwas unternehmen zu müssen und tut nun etwas sehr Eigenartiges:

Die Hanni hängt bei der Tür zu ihrem Krämerladen die Glocke aus, die ein Leben lang jeden Eintretenden lautstark angekündigt hat. Was bisher, unter den Luchsaugen der Hanni, kaum möglich war, nämlich etwas zu stehlen, ist plötzlich in Hannis Krämerei, praktisch über Nacht, zu einem Kinderspiel geworden. Wenn die Krämerin dann endlich aus der angrenzenden Küche ins Geschäft kommt und sich der Kranz der Knackwürste bewegt oder eine Lade halb offen steht, hat die Hanni nur ein duldsames Lächeln. Hinter dem Vorhang stehend, kommt sie aus dem Staunen nicht mehr heraus, denn Leute, auf die sie ein Leben lang aufgepaßt hat, Vagabunden und Landstreicher, rühren nichts an, höchstens daß sie bei den Essiggurken die Finger kurz eintauchen, während so manche ehrsame Bürgersfrauen, für die sie die Hand ins Feuer gelegt hätte, wie die Raben stehlen.

Aber die Hanni stellt niemanden zur Rede. Sie kann es sich leisten, daß die Profite schmäler werden, denn genug hat sie bisher zusammengerafft. Dafür hat ihr Leben jetzt an Spannung Ausmaße angenommen, die sie sich nie im Traume auszumalen getraut hätte. Täglich erlebt sie neue Überraschungen und dabei ist sie schon neugierig auf morgen.

Und eines Tages kommt sie dahinter, wie süß die Macht schmeckt. Die eine und andere Ehrsame kann ihr auf einmal am Kirchenplatz nicht mehr in die Augen schauen und so manches Bäuerlein weicht ihr aus, weil es der Versuchung nicht widerstehen konnte und ein Päckchen Tabak mitgehen hat lassen. Herrlich!

Die Krämerin sonnt sich in ihrer Rolle, denn die Leute, die nun in ihrer Macht stehen – die sie jederzeit hochgehen lassen könnte – werden täglich mehr. Ist das Leben spannend. Die Hanni wird direkt wieder jung. Stolz und erhobenen Hauptes bewegt sie sich sonntags am Kirchenplatz, das Fransentuch tragend wie eine Königin den Hermelin und das Gebetbuch haltend in einer Art, wie sie sonst nur Advokaten zeigen, wenn sie in Gesetzesbüchern blättern. Die Krämer-Hanni ist zur großen Erscheinung im Dorf geworden und sie genießt ihre heimliche Macht. Gar viele reden ihr nach dem Munde. Ihr Leben hat wieder einen Sinn bekommen und sie fürchtet sich nicht mehr vor grauen Haaren oder Falten im Gesicht.

Eines Tages läßt der Pfarrer Justl die Krämerin ins Pfarrhaus rufen. Die Hanni sitzt selbstbewußt beim Kaffeetisch, spitzt mokant die Lippen und sieht dem geistlichen Herrn erwartungsvoll ins Gesicht, denn sie ist sich sicher, daß der Herr Pfarrer im Namen eines reuigen Schäfleins heimliche Abbitte vortragen wird. Aber es kommt anders, als sich die gute Hanni vorgestellt hat.

Nachdem der Pfarrer Justl seinen Kaffee ausgeschlürft und das letzte Stück seines Kipferls hinuntergeschluckt hat, richtet er an die Krämerin folgende Worte:

„Hanni, Du bist eine große Sünderin!“ Dabei wird der drohende Zeigefinger von Hochwürden immer größer.

„Wer ist eine Sünderin? Ich soll eine Sünderin sein? Hochwürden scherzen wohl!“ Die Krämerin hat sich empört erhoben und steht drohend im Raum. Die Pendeluhr tickt. Herausfordernd steht die Hanni da.

„Was, Herr Pfarrer, habe ich getan? Ist das der Dank dafür, daß ich noch niemanden angezeigt habe, der mich bestohlen hat, obwohl dies täglich geschieht? Und jetzt nennen Sie mich eine Sünderin? Ich verstehe die Welt nicht mehr, Hochwürden!“

„Du verstehst die Welt sehr wohl, und ergötzest Dich an ihren Schwächen. Weil Du mit Dir selbst nicht fertig wirst, rührst Du Deine Mitmenschen in den Schlamm, in der Hoffnung, auf diesem Schlamm nachher reiten zu können. Wahrlich ein erbärmlicher Platz, den Du Dir da ausgesucht hast!“

„Aber zum Teufel, Hochwürden, was kann ich dafür, wenn unser Dorf eine Diebsbande ist?“

„Unser Dorf ist keine Diebsbande, Krämerin!“ Pfarrer Justl hat sich nun ebenfalls erhoben. Die beiden stehen sich Aug in Aug gegenüber.

„Du hast aus den Leuten Diebe gemacht. Kennst Du nicht die Stelle im ‚Vater unser‘, wo wir Gott bitten ‚führe uns nicht in Versuchung‘? Du weißt sehr wohl, daß die Bereitschaft zur Sünde, sei es nun stehlen, verleumden, lügen und so fort, in uns allen vorhanden ist und daß der Schwache der Versuchung leichter unterliegt als der Starke. Dem Schwachen sollen wir aber helfen und nicht ins Verderben stoßen. Warum glaubst Du, daß ich den Opferstock absperre? Beileibe nicht wegen der paar Schillinge, die daraus gestohlen werden könnten, sondern vorerst deshalb, weil ich der Sünde nicht Tür und Tor öffne und die Leute nicht in Versuchung bringen darf."

Die Hanni wird etwas nachdenklich und ausweichend sagt sie: „Glauben Sie mir, Herr Pfarrer, manchen war ich es ja direkt willig, wenn sie sich etwas genommen haben."

„Das glaube ich Dir fast, Krämerin. Aber wenn Du jemandem etwas gönnst, dann schenke es ihm, aber laß ihn nicht schuldig werden. Gehe heim, Hanni, und sündige nicht mehr!"

Sinnend verläßt die Krämer-Hanni den Pfarrhof. Am Heimweg denkt sie über mancherlei nach. Vor allem ist sie erstaunt, wie tief der Pfarrer Justl in ihre Seele zu schauen vermochte und schließlich, nachdem sie selbst noch einmal in ihr Inneres geblickt hat, hängt sie die Glocke an der Tür zu ihrem Kramladen wieder ein.

Psaulus

Eigentlich will der glotzaugige Wirt vom „Silbernen Kranz" schon die ganze Zeit mit seinem langen Stab auf die Tafel „Sperrstunde 24 Uhr" zeigen, aber statt dessen spitzt er die Ohren, denn der Ferdl mit dem Holzfuß und der großen Glatze diskutiert mit dem langen Hannes über ein brisantes Thema und zwar über den „Glauben an Gott", genauer gesagt über die äußeren Erscheinungsformen des Glaubens und über die Offenbarungen für jeden Einzelnen und über die Funktion der Kirche in diesem Zusammenhang. Sagt der Ferdl zum Hannes glatt:

„Weißt Du, Hannes, ich verliere den Glauben an Gott deshalb immer mehr, weil ich dauernd daraufkomme, wie unser Pfarrer Justl selbst genau das Gegenteil davon tut, was er uns von der Kanzel herab verbietet. Beispielsweise predigt er uns Mäßigkeit und selbst raucht er fingerdicke Zigarren und unterbricht dabei nur, wenn er sich einen Schnaps einschenkt."

Der Hannes, ein tiefgläubiger Mann ohne irgendwelche Zweifel erwidert sofort hitzig:

„Ja bist Du denn wahnsinnig, Ferdl? Ist denn der Justl der liebe Gott? Ein Mensch ist er, wie wir alle! Seine Funktion ist es, uns das Wort Gottes zu verkünden und das tut er großartig und wer Ohren hat zu hören, der höre. Daß er selber manchmal über die Stränge haut, geht Dich überhaupt nichts an. Das muß er verantworten und nicht Du."

Der Ferdl und der Hannes haben beide schon zuviel getrunken und ihre Debatte über den Glauben poltert lautstark durch die Wirtsstube. Der Ferdl gibt keine Ruhe. Jetzt geht er auf den Prunk los, der in den Kirchen angesammelt wird.

„Ist das notwendig?“, schreit er dem langen Hannes ins Gesicht.

„Wahrscheinlich sind für manche Leute diese Verzierungen notwendig, Ferdl. Andere, die ohne dem auskommen, schimpfen natürlich darüber. Laß Dich doch durch diese äußeren Erscheinungen nicht irre machen. Du mußt an Gott glauben, so wie er sich Dir offenbart, verstehst Du das, Ferdl? Stell Dir zum Beispiel einen Prinzen vor. Der hat doch sicher eine andere Erziehung als wir beide und daher ganz andere Vorstellungen. Er wird das Vaterunser in reinstem Hochdeutsch sprechen und dabei ein Kreuz aus purem Gold betrachten. Das brauchen wir nicht, aber unser Glaube ist derselbe.“

Der Ferdl schenkt nochmals wacker ein und nach einer nachdenklichen Pause plärrt er wieder los:

„Trotzdem kann ich das dauernde Drohen der Kirche nicht mehr ertragen. Gerade die, die am wenigsten anstellen, werden am meisten bestraft. Aus – basta, ich werde jetzt ein Atheist. Ich glaube an gar nichts mehr, dann habe ich meine Ruhe!“

Der Hannes wischt sich den Schweiß von der Stirn und brüllt zurück:

„Das sieht Dir ähnlich. Mit dem Atheismus kommt man soweit, daß man am Ende nicht einmal mehr an sich selbst glaubt; und an sich selbst nicht mehr glauben ist der Untergang des gesamten Menschentums. Ich kann überhaupt nicht verstehen, wieso Du auf einmal auf die Kirche so losgehst und sie mit dem persönlichen Glauben eines Menschen so in Verbindung bringst. Die Kirche ist doch nichts anderes als eine Zusammenfindung vieler Gleichgesinnter. Fällt es Dir zum Beispiel ein, aus dem Veteranenverein auszutreten, nur weil der Zeugwart die Helme nicht geputzt hat? Sei doch gescheit, Ferdl. Schau, die Kirche ist doch von uns Menschen selbst gegründet worden, wohl auf Geheiß von Jesus, aber immerhin von uns Menschen, denk an Petrus, und deshalb ist die Kirche nicht göttlich, obwohl sie Gott dient, sondern zutiefst menschlich und daher mit menschlichen Fehlern behaftet, aber dafür auch schön, weil sie aus uns kommt, uns ähnelt und der Glaube an Gott daher vollziehbar wird. Ferdl, ich kenne Dich als einen Mann mit Intelligenz. Schade ist nur, daß Du durch Deinen großen Verstand oft das Einfachste nicht verstehst."

Die Miene des Ferdl mit dem Holzfuß und der großen Glatze hellt sich auf, denn der Hannes hat ihn eben einen Verstandesmenschen genannt und das wirkt für ihn beruhigend wie Tafelöl. Vertrauensvoll flüstert er seinem Kumpan zu:

„Weißt Du, Hannes, ich bin so unglücklich, weil ich so unschlüssig bin. Ich möchte ja glauben und beneide Dich wegen Deines festen Glaubens, aber ich bin wirklich heute ein Paulus und morgen schon wieder ein Saulus. Was soll ich tun?"

Nach kurzem Nachdenken sagt der Hannes pfiffig:

„Weißt Du was, Ferdl. Sei vorläufig, bis Du ganz geläutert bist, einfach ein ‚Psaulus'. Abgemacht?"

Irgendwie leuchtet dem Ferdl der Vorschlag ein und er fühlt tatsächlich eine Erleichterung in seinem Denken. Nach einer letzten Runde Schnaps, zufrieden mit dem Ausgang ihrer Diskussion, verlassen sie den „Silbernen Kranz".

Der Wirt schüttelt den Kopf und brummt in sich hinein:

„Die Welt steht nicht mehr lange; jetzt haben wir schon so viele Heilige, die wir verehren sollen und nun kommt ein Psaulus auch noch dazu – und gerade der Ferdl soll derjenige sein, nein, so was!" – Dann dreht der Wirt energisch den Schlüssel herum und geht zu Bett. Beim Abendgebet überlegt er, ob er den neuen Heiligen sicherheitshalber bereits erwähnen soll, aber er kommt dann doch nur bis zum „Ps…".

Die Prozession

Wieder einmal feiert man das Fronleichnamsfest. Es ist ein herrlicher Tag. Die in Weiß gehenden Mädchen, mit offenen Haaren, in den Händen Blumenkörbchen zum Streuen entlang des Weges und die herausgeschniegelten Buben führen die Prozession an. Die Kindergartentante beschusselt sie von links und rechts, mit an die Lippen gelegtem Zeigefinger fortwährend Schweigen gebietend, wobei ihr ‚bschbsch' lauter ist als dort und da ein Muckser von den Kindern.

Dann kommt die Musik mit frohem Spiel unter der Stabführung des neuen Kapellmeisters. Mächtig prahlt die grün bestickte Schärpe über seinem wohlgepflegten Bauch. Zu Tränen gerührt über die Wichtigkeit seines Amtes schreitet er der Kapelle voran und führt den messingblitzenden Taktsock mit großer Bravour. Das ganze Dorf ist mit Recht stolz auf seine Musikkapelle. Manche weinen sogar, wenn die Musik spielt und schwirren mit ihren Gedanken ab in ferne Gefilde.

Ganz groß ist heute Matthias, der Flickschuster, wieder dabei. Gewaltig ist das Dröhnen, wenn er auf die große Trommel haut; die Schlägel lange vorher drohend erhoben und sie dem Volk zeigend. Einen Schlag seiner holden Gattin, einen dem Pfarrer Justl, der ihn beleidigt hat, weil er unlängst behauptete, er, der rechtschaffene Matthias, habe für die letzten Schuhsohlen zuviel verrechnet. Er, der Justl, die größte Fetzzange des Dorfes muß über den Preis aufbegehren? Dabei zerreißt er seine Schuhe wie ein Flegel aus der vierten Klasse. ‚Da hast Du noch eins!' – und ein kräftiger Tschinellentusch gilt ebenfalls ihm.

Nach der Musikkapelle kommen die Veteranen mit wehenden Hahnenfedern, in stolzer Erinnerung an ihre Glanzzeit zurückdenkend. Auch seinerzeitige Feiglinge schauen jetzt mutig und wie in Erz gegossene Helden drein. Andreas, das größte Simandl daheim, trägt tapfer die Vereinsfahne und schaut grimmig rundum.

Und jetzt die Goldhauben. In strenger Hierarchie gehen sie einher. Manche, zusätzlich geziert mit gewaltigen Kropfketten, das Gebetbuch und den bestickten Beutel wie die Insignien von Königinnen haltend, gehen einzeln wie störrische Hengste bei der Körung. ‚Die Gruppe der großen Rivalinnen' hat sie der Pfarrer Justl in Weinlaune im ‚Silbernen Kranz' einmal genannt. Aber was wäre eine Fronleichnamsprozession ohne dem Prunk der Goldhauben? Das wäre wie ein Häfen ohne Deckel, wo das Wasser dahinsiedet und nie zum Überlaufen kommt.

Hinter den Goldhauben gehen die schwätzenden Schulklassen, weder durch Drohgebärden des Direktors noch durch die Grimassen des noch strengeren Schuldieners zu bändigen. Aber was soll's! Fronleichnam ist der Gang der Befreiumg über die grünen Fluren. Der liebe Gott ist ja gütig genug mit seinem Verständnis mit uns Menschen. Es ist auch wirklich nötig, daß er ein Auge ums andere zudrückt, denn jetzt kommt das Volk.

Zuerst die Frauen. Allen voran die Mally im schwarzen Brokat, die Ärmel gepufft wie bei einer Fürstin aus der Renaissancezeit; die Krämer-Hanni, das Fransentuch wie einen Hermelin nachschleppend – und als dritte im Bunde die Barbara, die Gattin des Bürgermeisters, unglücklicherweise im fast demselben Kleid wie die Mally. Beide sind über diesen Zufall wütend. Davon profitiert die Hanni; denn durch die Spannung zwischen den beiden anderen ist sie heute die Königin des Dreibundes. Nun kommt die Res, den Rosenkranz wie ein Weihrauchfaß schwingend. Ihre Lippen beten sichtbar, während ihre Augen prüfend die Fenster abtasten, ob alle gebührend geschmückt sind.

‚Die Kreuzerin hätte ruhig etwas mehr Kerzenleuchter hinstellen können', denkt sie bei sich. Daß die Olga einfach ihren orientalischen Bettvorleger heraushängt, nur damit man sieht, daß sie mit den Pensionisten in der Türkei war, findet die Res nicht nur geschmacklos, sondern geradezu unchristlich.

Nach der Weiblichkeit rücken die Männer an. Die Stimmlage ihres gemeinsamen Betens klingt wohltuend tief; aber ihre Gedanken sind keineswegs heiliger. Der Ferdl mit dem Holzfuß und der großen Glatze beschimpft innerlich dauernd den Briefträger, weil er von diesem stets zu wenig beachtet wird. Er, der Ferdl, der Vaterlandsverteidiger. Der Gemeindesekretär kommt zu keinem frommen Gedanken, weil er seinen heimlichen Ärger über den Bürgermeister nicht niederkämpfen kann. Dieser steht immer auf der Bühne, am Rednerpult, und kann sich im Ruhme baden, während sich sein Schreibtisch unter den Akten biegt und er die ganze eigentliche Arbeit machen muß. ‚Den Hafer bekommt immer das falsche Roß', denkt sich der Sekretär, und sein Beten ist nur ein begleitendes Brummen.

Zum Schluß schreitet der Klerus einher. Zuerst die in Ministranten verkleideten Lausbuben, die es faustdick hinter den Ohren haben. Am ärgsten treibt es wohl der weihrauchfaßschwingende Ernstl. Er hüllt den armen Pfarrer Justl mit seiner Monstranz unter dem goldbestickten Baldachin in derartige Rauchschwaden, daß diesem in seiner Kurzatmigkeit schon ganz angst und bange wird. Justl geht unter dem Himmel wie in einem mit Dampf gefüllten Käfig. Es qualmt wie in einer Waschküche und der Pfarrer hat große Mühe, den Weg noch einigermaßen zu sehen um nicht zu stolpern. Die Ministranten haben alle ein großes Grinsen im Gesicht. ‚Na wartet nur, ihr Bande! Es gibt ja bald wieder eine Religionsstunde und da werde ich es euch heimzahlen!‘, poltern die Gedanken des guten Pfarrer Justl.

Aber sonst ist alles recht herrlich. Das Wetter ist kaiserlich. Die Glocken läuten von Friede und Eintracht. Eigentlich ist alles heil. Wieso auch nicht? Wegen der bißchen menschlichen Schwächen? Lächerlich. Wichtig ist allein, die Leute bleiben trotz ihrer verschiedenen Meinungen beisammen und gehen gemeinsam ihre Wege – eben wie heute bei dieser schönen Prozession.

Der Klingelbeutel

Der etwas einfältige lange Hannes ist Zechprobst. Aus zwei Gründen ist der Pfarrer Justl froh, daß sich der Hannes dazu bereit erklärt hat: Zum einen, weil der lange Hannes punkto Ehrlichkeit als einer der Zuverlässigsten im Dorfe gilt und zum anderen, weil er die Führung des langen Steckens mit dem Klingelbeutel daran durch seine Körperlänge auf eine Art und Weise unterstützt, daß sich kein Kirchenbesucher vor dem Opfern drücken kann. Vor dem Hannes kann sich niemand verstecken, denn dieser kennt alle Schlupfwinkel hinter den Säulenheiligen etcetera.

Manch geizigem Bäuerlein, das sich während der Opferung taub stellt, klingelt der Hannes mit dem Beutel solange um die Ohren, bis dieser, nicht ohne vorher noch einen giftigen Blick auf den Zechprobst zu werfen, endlich sein Scherflein gibt.

Der lange Hannes kennt schon seine Leute. Er weiß genau, wo er heftig klingeln muß, oder wo er durch diskretes Hinhalten des Beutels mehr erreicht. Dennoch hat auch der gute Hannes seine menschlichen Schwächen. Eine davon ist die, daß in seinem Inneren zuweilen das Bedürfnis nach einer geheimen Bosheit auftritt. Dieser Hang ist bei ihm nicht die gemeine Bosheit schlechthin, vielmehr will er damit eine gewisse Ersatzanerkennung erheischen. Hannes ist Holzknecht, befindet sich die meiste Zeit im Wald, hat dadurch am öffentlichen Leben wenig Anteil und wird deshalb auch selten um seine Meinung befragt, obwohl das Bedürfnis darnach nicht mehr und nicht weniger als bei allen anderen Menschen vorhanden ist. Kurioserweise hat der lange Hannes in der Position als Zechprobst nun die einmalige Möglichkeit, sich einen gewissen Respekt zu verschaffen. Er ist in der Lage, Leute in die Enge zu treiben, bei denen er sich normalerweise nicht einmal aufzuschauen wagt.

Heute ist wieder einmal ein besonderer Tag. Ein Gewitter steht über. Die Schwüle lastet schwer auf den Kirchenbesuchern. Die Leute sind äußerst unruhig und verfolgen mit finsteren Mienen die wilden Gebärden des Pfarrer Justl, der von der Kanzel, ärger als das heftigste Donnergrollen herabschimpft. Jeden einzelnen blickt der Pfarrer streng, durchdringend und entrüstet an, so als ob er von ihm im Beichtstuhl eben die größte Unkeuschheit erfahren hätte. Wahrscheinlich spürt der ansonsten so gutmütige Pfarrer Justl ebenfalls das herannahende Gewitter. Erleichtert nach getaner Strafpredigt steigt Hochwürden von der Kanzel und begibt sich wieder ins Presbyterium; das Kirchenvolk in einer Stimmung zurücklassend, wie ein Kind, das nicht weiß, wofür es eine Ohrfeige bekommen hat. In dieser geladenen Hochspannung erscheint nun, wie das Feuer an der Lunte, der Hannes mit seinem Klingelbeutel. Boshaft lang hält er der Krämer-Hanni den Opfersack vor die Nase, bis diese endlich ihre Börse öffnet. Ebenso ergeht es der Mally, der Gattin des Doktors. Heute gibt es kein Entrinnen – für niemanden – das hat sich der Hannes geschworen. Unendlich geschmeidig windet er sich mit seinem langen Körper und ebenso langen Stecken durch die Bankreihen und niemand entgeht seinem Geierblick. Vor der Frau des

Bürgermeisters, der schönen Barbara, bringt er das Glöckchen des Opferbeutels derart in Schwingung, daß sich die Leute umdrehen und die Barbara mit hochrotem Kopf dasitzt. Dabei spendet gerade sie immer recht brav. Wahrscheinlich hat der Hannes im geheimen ein anderes Hühnchen mit ihr zu rupfen gehabt. Und so geht das dahin. Der Klingelbeutel macht alle Kapriolen und einen Lärm, daß sich der Pfarrer Justl, peinlich berührt, schon zweimal umdreht. Aber der Hannes kennt heute kein Erbarmen. Er arbeitet wie ein Besessener mit seinem langen Stecken.

Die Lunte brennt durch das außer Kontrolle geratene Verhalten des Hannes gefährlich schnell der Explosion entgegen. Und da ist sie. Beim Ferdl mit dem Holzfuß und der großen Glatze passiert es. Lange läßt er ihm den Klingelbeutel um die Ohren bimmeln, aber der Ferdl ignoriert alle Aufforderungsversuche, weil er verärgert ist über die Predigt des Justl. Vor allem bildet er sich ein, daß der Pfarrer gerade ihn besonders strafend angeschaut hat; ihn, den Vaterlandsverteidiger, ihn, den Ferdl, der noch nie Butter am Kopf gehabt hat. ‚Nein, heute opfert er nicht. Nicht einmal einen Hosenknopf wird er hergeben; und dabei bleibt's!'

Das sind die Gedanken des Ferdl mit dem Holzfuß und der großen Glatze, während er kundig im Gebetbuch blättert. Da ist schon wieder der Klingelsack vor seiner Nase und rempelt ihn sogar am Kinn. Das ist dem Ferdl zuviel: „Geh' weg", sagt er lautstark – und dann stoßt er den Sack von sich, wie man ein lästiges Insekt verjagt. Der Hannes, auf einem Fuß balancierend, verliert das Gleichgewicht und stürzt der Länge nach in die Bankreihe. Mit der langen Stange reißt er Gebetsbücher, Pompadoure etcetera herab. Er selbst liegt zu Füßen der Res, die er ohnehin nicht leiden kann. Alle Frauen in der Reihe kreischen auf. Die Vorderen drehen sich um, die Hinteren recken sich vor. Zuerst verhaltenes Kichern wächst zu schallendem Gelächter an. Hannes rappelt sich wutschnaubend auf und trollt sich in die Sakristei. Endlich ist man den Quälgeist los. Die Messe kann befreit zu Ende gefeiert werden.

Aber wie jeder Tag vergeht, so ist auch dieser Sonntag bereits in die Vergangenheit zurückgetreten. Eine neue Woche hat begonnen und die Leute sind wieder in den Banden des Alltags verflochten. Dennoch schwelt das Geschehene fort und läßt vielen keine Ruhe. Ja es ist tatsächlich so, daß manche schon mit einer gewissen Schadenfreude im vorhinein darauf neugierig sind, wen sich der lange Hannes am kommenden Sonntag besonders aufs Korn nehmen wird.

Endlich ist der Tag da. Die Kirche ist voll wie noch nie. Viel Kleingeld ist in den Börsen gerichtet, um sich vor Attacken schützen zu können. ‚Hoffentlich hat ihm der Justl nicht die Flügel gestutzt', befürchten manche. Alles fiebert dem Opfern entgegen. Wem wird der lange Hannes heute ans Fell rücken? Nun ist der Augenblick da. Es herrscht eine Stille wie im Gerichtssaal vor der Urteilsverkündung. Aber was ist denn da? Der Zechprobst schleicht sich ja bereits herum, lautlos wie ein Panther. Diskret lächelnd hält er den Klingelbeutel den Leuten hin und nötigt niemanden, rein gar niemanden. Und noch etwas. Das kann doch nicht wahr sein! Beim Klingelbeutel ist das Glöckchen abgeschnitten. Lautlos und ohne Aufsehen, mit kristallklarer Diskretion spielt sich der Opfergang ab.

Enttäuschung überall; außer bei den Frommen, die schnell ihr Scherflein geben und schon wieder weiterbeten wollen. Aber die meisten sind entsetzt. ‚Und das blöde Lächeln des Hannes. In Wirklichkeit grinst er ja; wir kennen doch diesen Pharisäer!' Das sind die Gedanken der Kirchenleute.

Lange wird nach der Messe am Kirchenplatz über diese Narretei diskutiert. Am lautstärksten treibt es der Ferdl. Derselbe Ferdl, dem der Hannes vor einer Woche mit dem Klingelbeutel so arg zugesetzt hat, fordert die Wiedereinführung der Klingel. Der Ferdl mit dem Holzfuß und der großen Glatze steht auf dem Standpunkt, daß ein Klingelbeutel doch unbedingt eine Klingel haben muß, denn wie kommt man denn dazu, daß einem ohne Vorwarnung auf einmal der Sack vor die Nase gehalten wird und man aus lauter Überrumpelung dann unter Umständen zuviel hergibt.

Mally

Mally ist alt geworden und voller Runzeln. Daß ihr Herz jung geblieben und ihr Interesse am Tagesgeschehen ungebrochen ist, wird im Dorfe aufgrund ihres gebrechlichen Aussehens nicht wahrgenommen. Die Mally ist mehr oder minder beim Alteisen gelandet und wird kaum noch beachtet. Sie, dieselbe Mally, vor der die Honoratioren einst den Hut gezogen haben und vom Wetter gesprochen haben, nur um mit der schönen Mally einige Worte wechseln zu dürfen. Niemals ging jemand achtlos an ihr vorüber. In ihrer Glanzzeit bekam sie an Kirtagen oft bis an die zehn Lebkuchenherzen umgehängt– so viele Verehrer hatte sie; und bei den Schießbuden wurden die Rosen für sie heruntergeschossen, daß es gerade so plumpste.

Und heute? Nichts mehr ist geblieben von der einstigen Herrlichkeit. Dabei wäre die Mally so bescheiden. Ihr würde es genügen, wenn sie nur ein kleines bißchen beachtet würde. Ein paar Worte nur, die man dem Gruße, den man ihr bietet, anhängen würde, täten der Mally wohl für den ganzen Tag. Aber nichts dergleichen. Den Leuten fällt einfach nichts ein, was man zur Mally sagen könnte oder um was man sie gar fragen könnte. Wo sind die Zeiten, in denen ihr die Lausbuben ein Stallfenster nach dem anderen mit den Steinschleudern eingeschossen haben? Jetzt nicht einmal mehr das. Mit Freuden würde sie die eingeschlagenen Fenster in die Glaserei tragen und dort recht schimpfen über die Bengeln im Dorf und ihr Herz würde seltsam zittern. Nein, nichts! Gar nichts mehr geschieht!

Man wünscht der Mally gedankenlos Gesundheit beim Grüßen und übersieht dabei, daß sie durch die Vereinsamung in der Seele immer kränker gemacht wird.

Da geschieht eines Tages im Dorfe ein gewaltiges Ereignis. Bei der Krämer-Hanni wird eingebrochen. Etwas, was es noch nie gegeben hat bei der Krämerin, weil die doch aufpaßt wie ein Luchs, um sich eine Diebstahlsversicherung zu sparen. Aber jetzt wurde eingebrochen.

Das können nur Zigeuner gewesen sein, spricht der Ferdl mit dem Holzfuß und der großen Glatze; denn nur Zigeuner sind noch schlauer als die wieselflinke Krämer-Hanni. Der Ferdl glaubt sogar, vor kurzem einen Planwagen am Waldrand stehen gesehen zu haben. Sicher waren es Zigeuner; wer denn sonst?, wettert er am Dorfbrunnen. Aber beweisen kann er es auch nicht.

Die Hanni lamentiert fürchterlich. Ganze Kränze von Knackwürsten und Zwiebelköpfe sind verschwunden. Die Zigeuner brauchen ja Unmengen von Zwiebeln für ihre Kesseln, wo das rassige Gulasch gemacht wird. Die Hanni wirft das Fransentuch um und begibt sich auf die Gemeinde, um alles anzugeben, was ihrer Meinung nach gestohlen wurde. Der Aufruhr im Dorf ist groß. Die Zigeuner werden laut genannt, aber insgeheim verdächtigt der den und der jenen. Viel größer als der Schaden durch das gestohlene Gut ist die Zwietracht, die im Dorfe aufkommt; der herumschleichende Verdacht. In den Kramladen der Hanni wollen manche gar nicht mehr gehen, weil sie, obwohl unschuldig, die bohrenden Blicke der Hanni nicht ertragen können.

Nach drei Tagen braust eine neue Kunde durch das Dorf. Eine Kunde, die das gerade Geschehene noch weit in den Schatten stellt. Das gibt es doch nicht – das ist undenkbar – das glaube ich nicht – quillt es aus den Mündern. Doch es ist so – wissen es die anderen. Was ist geschehen?

Auf der Gendarmerie hat die Mally den Einbruch gestanden. Sie hat sich selbst gestellt. Nachdem über diese unglaubliche Meldung das Kopfschütteln endlich ein Ende genommen hat, bricht eine fürchterliche Welle über die Mally her.

„Schaut die Duckmäuserin an, wer hätte denn so was gedacht? Jeden Tag bei der Frühmesse und dann stehlen wie die Raben. Und die armen Zigeuner haben wir verdächtigt. Nein, so etwas!"

Schließlich muß man die alte Mally in Schutzhaft nehmen, denn die Wut kennt keine Grenzen. Nach kurzem Prozeß landet die Mally schließlich sogar im Gefängnis in der Stadt. Obwohl sie sofort der Krämerin den Schaden in bar ersetzt hat – das Diebsgut hat sie, so sagte sie, den Zigeunern billig verkauft – und obwohl sie sich selbst gestellt hat, mußte sie doch für einige Zeit ins Gefängnis. Strafe muß sein. Für kleine Leute muß Strafe sein. Wo käme man denn hin, wenn der Pöbel auf einmal zum Stehlen anfinge?

Die Honoratioren beginnen auf einmal wieder zu denken. Besonders der Pfarrer Justl bringt das Bild nicht aus dem Kopf, als man die Mally abführte. Der selbe Blick, so denkt er, als man Jesus am Ölberg gefangen nahm. Es steht fest. In den Augen des Justl ist die Mally unschuldig, obwohl sie schuldig ist. Lange grübelt der Pfarrer. Dann begibt er sich in die Stadt ins Gefängnis und nimmt der Mally die Beichte ab. Klüger, aber nicht ganz klug, kehrt er zurück. Es dauert nicht sehr lange, da wird die Sünderin aus dem Gefängnis wieder entlassen. Mally kommt heim ins Dorf.

Da geschieht etwas ganz Eigenartiges. Wenn man geglaubt hätte, jetzt gibt es für die Mally ein Spießrutenlaufen, dann hätte man sich getäuscht. Nein, nichts dergleichen. Im Gegenteil. Interessiert wird die Mally gefragt, wie es im Gefängnis war. Wie das Essen war. Hartes Bett? Für ältere Leute Begünstigungen? Schließlich könnte ja jedem durch Zufall einmal passieren, eingesperrt zu werden und da schadet es nicht, ein bißchen informiert zu sein.

Außerdem und überdies hat ja der Pfarrer selbst gesagt: „Leute, seid nicht gerichtlicher als das Gericht. Die Mally hat gesündigt und hat ihre Strafe verbüßt. Verzeiht. Vielleicht seid ihr auch einmal froh, wenn euch verziehen wird!“

Diese Worte des Pfarrer Justl werden beherzigt und der Mally wird nichts mehr nachgetragen; selbst von der Krämer-Hanni nicht. Es ist sonderbar, daß man der Mally auch nicht mißtraut nach dem Vorgefallenen. Und täglich redet man jetzt mit der Mally. Sie weiß schon gar nicht mehr, was sie alles vom Gefängnis berichten soll, so neugierig sind die Leute. Ja, ja, die Mally ist jetzt wieder voll im Kurs, die gehört noch lange nicht zum alten Eisen. Es ist interessant, sich mit der Mally zu unterhalten. Und die Mally lebt wieder.

Nur der Pfarrer Justl ist nicht ganz zufrieden mit der Sache. Wohl weiß er natürlich längst, warum die alte Frau gestohlen hat; daß dies ihr letzter Ausweg war, um ihre Einsamkeit zu überwinden. Pfarrer Justl ist in einem Zwiespalt. Zum einen fühlt er sich mitschuldig, daß es so weit kommen mußte; er weiß, er hat ein Schäflein durch zu geringe Obhut verloren gehabt – gottlob ist dieses Schäflein selbst, wohl auf Umwegen, zur Herde zurückgekommen. Zum anderen tut es ihm weh, daß diese Rückkehr nur über eine Sünde möglich gewesen war. Er weiß, da ist er noch nicht ganz durch und er darf seine Gedanken darüber noch nicht zur Seite schieben. Und eines Tages, während der Frühmesse, wie er da die Mally so fromm und andächtig in der Kirchenbank sitzen sieht, zuckt es wie niederfahrende Blitze durch seinen Kopf. Schneller als sonst beendet er seine Messe. In der Sakristei legt er hastig Kasel und Stola auf den Tisch und dann eilt er über den Kirchenplatz, der Mally nach.

„Mally", stammelt er, und er sagt ihr auf den Kopf zu: „Ich bin dahinter gekommen. Du bist nicht die Diebin gewesen. Irgendwer war es wohl, aber nicht Du. Ich hätte sogar Verständnis gehabt für diese Tat und habe sie Dir längst verziehen, weil ich weiß, aus welcher Bedrängnis heraus Du es getan hast. Aber noch mehr bin ich nun erschüttert, wie groß Deine Not gewesen sein muß, daß Du sogar etwas auf Dich genommen hast, was Du nie getan hast und das Dir das Genick hätte brechen können – nur um wieder beachtet unter uns leben zu können. Mally, gibt es so etwas? Kann man so einsam sein?“

Mally nickt. Sie sagt unter Tränen: „Hochwürden, ich hätte es Ihnen im Beichtstuhl sagen müssen, daß ich gelogen habe. Das war meine einzige Sünde. Bitte, sagt es den Leuten erst, wenn ich gestorben bin. Lassen Sie mich, behaftet mit menschlicher Schwäche, unter den Leuten leben.“

Dann geht sie weg. Pfarrer Justl schüttelt zuerst den Kopf. Dann nickt er. Nickend geht er zurück ins Pfarrhaus. Er hat einen tiefen Blick in eine menschliche Seele getan.

Das Gelächter

Die Krämer-Hanni kommt zur mitternächtlichen Stunde heim. Zornig sperrt sie das Haustor zu. Dann geht sie mit generalischen Stöckelschuhschritten durch den Flur zu ihrem Kleiderschrank und beginnt sich auszuziehen. Dabei betrachtet sie ihr verdrossenes Gesicht im Spiegel. Plötzlich bricht die Hanni in ein fürchterliches, nicht enden wollendes Gelächter aus. Die Krämerin steht halb ausgezogen vor dem Spiegel und lacht; so viel, wie sie schon lange nicht mehr gelacht hat. Dabei betrachtet sie sich inständig und lacht und nickt, während sie ein Kleidungsstück nach dem anderen abschüttelt. Das Lachen der Hanni kommt zu keinem Stillstand. Letztlich steht sie ganz ruhig und kerzengerade vor dem Spiegel und sagt in ihr eigenes Gesicht hinein:

„Es wundert mich nicht, daß mich keiner zum Tanzen geholt hat. Mit so einer Essiggurke würde ich auch nicht tanzen, wenn ich ein Mann wäre!"

Die Krämer-Hanni ist trotz ihrer Enttäuschung klug genug, sich bei Auswirkungen des Alterns nicht in totale Resignation fallen zu lassen. Lieber flüchtet sie sich, wie eben jetzt, ins Lachen.

„Lachen ist immer gut", sagt sogar der Pfarrer Justl. „Das kann man sogar allein; da braucht man nicht einmal jemand dazu!"

Da klopft es plötzlich am Haustor. Die Hanni fährt erschrocken herum. Sie dreht schnell das Licht aus und verhält sich mäuschenstill. Da klopft es wieder. Das Klopfen ist zaghaft und fordernd zugleich. Die Krämerin spürt, daß dies kein normales Klopfen ist, unbeschadet der außergewöhnlichen Zeit. Im Finsteren steht sie spärlich bekleidet da und denkt mit der Schnelligkeit eines Expreßzuges, wer das wohl sein könnte, der da noch klopft. Mit Logik hat sie sofort erfaßt, daß es sicher keine Frauensperson ist, die da zu so ungewohnter Stunde am Haustor klopft. Hebamme ist sie auch nicht; also wer…wer…?

Ein Einbrecher sicher auch nicht, denn der würde leiser vorgehen; zudem hat doch eben das Licht noch gebrannt. „Also ein Mann mit nicht unbedingt schlechten Absichten!“ – durchzuckt es die Hanni. Resolut wie immer, sagt sie daher, dicht hinter der Tür stehend: „Ja, wer da?“

„Ich bin's, der Hannes. Weißt Du, ich möchte mich bei Dir entschuldigen.“

„Für was, Hannes, möchtest Du Dich denn entschuldigen?“

„Daß ich nicht mit Dir getanzt habe, Hanni, obwohl ich es mir die ganze Zeit, seit ich vom Sommernachtsfest wußte, vorgenommen habe. Aber weißt Du, Hanni, Du warst so schön angezogen, daß ich nicht den Mut hatte, Dich zu holen. Ich hatte Angst, Dein Kleid und Deine Frisur zu zerstören!“

Die Hanni beißt sich auf die Lippen: Jetzt kann er kein Kleid und keine Frisur mehr zerstören! Soll ich ihn hereinlassen, diesen Schafskopf? Eigentlich ist er ja ein ehrlicher Kerl. Ich glaube, der allergrößte Schafskopf wäre jetzt ich, wenn ich ihn nicht hereinließe. Schnell schlüpft sie in ihren Bademantel und öffnet das Haustor.

Da steht der lange Hannes vor der Tür und ist überaus erstaunt über das Öffnen. Entschuldigen wollte er sich eigentlich nur, und das vor der verschlossenen Tür – weiter nichts, weil er über seine Gefühle für die Hanni noch nicht ganz im klaren ist.

„Komm herein, Hannes, wir tanzen jetzt – und zwar auf der Stelle – hier ist Platz genug. Du brauchst auf kein Kleid und auf keine Frisur aufzupassen – nur auf mich!“

Lachend wirft sie sich in die Arme des langen Hannes und ihr Lachen will wieder kein Ende nehmen. Der Hannes hat seine Schüchternheit bald abgelegt, schließt sogar die Haustür eigenmächtig hinter sich ab und faßt die Hanni mit seinen klobigen Holzknechthänden ungeniert um die Mitte. Die beiden holen nach, was sie am Tanzboden versäumt haben. Der Hannes ist glücklich, denn nun tanzt er mit der Hanni so, wie er mit ihr in seinen Träumen schon immer tanzen wollte. Dazwischen immer wieder Lachen. Aber das Lachen ist kein Gelächter mehr.

Immer wieder Sokrates

Vollmond. Der Pfarrgarten liegt im Schlummer. Aber nur scheinbar, denn in Vollmondnächten ist mehr Bewegung als an hellichten Tagen. Wieso? Niemand weiß dies.

Da lärmt die Glocke in diese vermeintliche Stille. Lange dauert es, bis sich Pfarrer Justl von seinen Träumen trennen kann. Im langen, weißen Nachthemd erscheint Hochwürden in der Tür des Pfarrhauses und fragt gähnend nach dem Begehr des nächtlichen Ruhestörers. Und wer steht am Gartentürl? Der Ferdl mit dem Holzfuß und der großen Glatze ist es, der am Glockenseil so mächtig gerissen hat.

„Ferdl, Du? Schickt man Dich, weil ich zu einem Versehgang soll?"

„Kein Versehgang, Hochwürden, viel Wichtigeres!"

„Was könnte wichtiger sein, als eine dahingehende Seele zu retten, Ferdl?"

„Den Lebenden, Hochwürden!"

Der Pfarrer ist im Begriff, im Stehen wieder einzuschlafen. Der Ferdl mit dem Holzfuß und der großen Glatze humpelt in den Garten und geht erregt auf den Pfarrer zu:

„Wieso, Hochwürden, kommt es, daß das Gute belohnt und das Schlechte bestraft wird?"

Nach dieser absurden Frage ist Pfarrer Justl im Augenblick wieder hellwach.

„Ja Ferdl, Du Schafskopf, sollte es denn umgekehrt sein?“

„Vielleicht. Zumindest manchmal. Ich weiß es eben nicht. Deshalb bin ich ja auch hier, Ihre Meinung einzuholen.“

„Da gibt es keine neue Meinung. Das ist ein Gesetz und damit basta!“

„Gerade das ‚basta‘, Hochwürden, gefällt mir nicht; denn ich bin draufgekommen, daß es im Sinne des Wortes ja gar kein gut und schlecht gibt. Ja, daß das Schlechte sogar nötig ist, um daraus Gutes entstehen zu lassen. Natürlich auch genau umgekehrt. Also ewige Umwandlung. Wieso soll nun jemand bestraft oder belohnt werden, nur weil er ein Ding gewendet hat, sei es zum Guten oder zum Schlechten? Ein Ding, das der Nächste wieder wendet?“

„Du Dummkopf, Du mußt Dich nach dem Ergebnis richten und nicht nach dem Entstehen des Ergebnisses.“

„Wieso? Das Entstehen ist doch wichtiger als das Ergebnis, denn Entstehen kann man verhindern oder fördern, aber nicht das Ergebnis.“

„Im Prinzip, Ferdl, hast Du ja recht. Aber Dir wird sicher nicht gelingen, was selbst dem Sokrates nicht gelungen ist.“

„Wer ist Sokrates?“

„Das war auch so ein Fragensteller wie Du. Im alten Griechenland hat er gelebt. Häßlich war er und angeblich auch so glatzköpfig wie Du. Er hat geglaubt, durch sein Denken die Welt verbessern zu können. Da er ein guter Mensch war, hat er für das Gute gestritten, mit seiner Waffe, nämlich seinem Geist. Sokrates war so edel und so ungemein gescheit, daß man ihm den Giftbecher reichen mußte; und stell Dir vor, Ferdl, er hat ihn freiwillig ausgetrunken, weil ihm das Beharren bei seinen Erkenntnissen wichtiger war als sein Leben. Deshalb sag ich Dir, Ferdl, paß auf, daß es Dir mit Deiner Fragerei eines Tages nicht ähnlich ergeht."

„Na und? Wenn man dafür zur Weisheit letztem Schluß gelangt? Wäre es nicht wert, dafür sein Leben hinzugeben? Würden Sie das nicht, Hochwürden?"

Pfarrer Justl gibt keine Antwort. Kopfschüttelnd geht er ins Pfarrhaus zurück und läßt den Ferdl im Vollmond stehen. Lange bleibt der Ferdl noch im Pfarrgarten und denkt.

Schließlich kommt er zu dem endgültigen Ergebnis, daß gut und schlecht in wechselseitiger Beziehung zueinander das Gefüge der Welt bedeuten, somit Lohn und Strafe zwingend daneben einhergehen müssen. Befriedigt über diese Erkenntnis verläßt der Ferdl mit dem Holzfuß und der großen Glatze, schwitzend vor Erregung, aber ungemein glücklich, die Vollmondnacht im Pfarrgarten.

Pfarrer Justl und die Pfirsiche

Der gutmütige Pfarrer Justl ist toleranter als der Herrgott selber; bis auf ein paar menschliche Dinge. Da ist einmal seine tägliche Tarockpartie im „Silbernen Kranz“. Wehe, wenn da sein Bier nicht richtig vorgewärmt ist oder die Federweisbüchse zum Karten einstauben nicht in Reichweite steht! Dann die Schwertlilien im Pfarrgarten; seine geliebten Schwertlilien. Sollte sie jemand knicken, er würde im Beichtstuhl vom Justl nie und nimmer die Lossprechung bekommen. Als nächstes seine Schmetterlingssammlung. Man muß schon eine Sonderstellung bei Hochwürden Justl haben, um an die Vitrinen heranzukommen. Und zum Schluß das heiligste seiner Steckenpferde. Der Pfirsichbaum.

Im Frühjahr, wenn der Baum in der Blüte dasteht und den Pfarrer an eine Schar weißer Mädchen erinnert, die zur Erstkommunion gehen, beginnt der Justl mit seinem Pfirsichkult. Da sitzt er dann in lauen Frühlingsnächten oft noch lange auf der Terrasse bei einem Glas Burgunder mit seiner Meerschaumpfeife und sagt höchstens jaja, besser gesagt, er nickt nur, wenn seine Köchin, die Frau Bauchinger, irgend etwas gutmeinendes zu ihm sagt. Wenn dann das Jahr fortschreitet, die Blüten abfallen, die Früchte zu schwellen beginnen und sich die Säfte sammeln, beginnt der Pfarrer Justl, seine Pfirsiche zu zählen. Natürlich weiß der Pfarrer genau, daß dies eine übertriebene Marotte von ihm ist, aber warum, so sagt er sich, soll man sich das Leben nicht verzieren wo es geht, wenn man dabei nicht sündigt?

Täglich zählt er daher während der Zeit des Reifens seine Pfirsiche; dabei dankt er mit ehrlichem Herzen dem lieben Gott, daß er ihm, dem kleinen Dorfpfarrer, diese Wunder der Natur erleben läßt. Gegen die Pfirsiche des Pfarrers Justl etwas zu unternehmen wäre die größte Todsünde, die man sich im Dorfe vorstellen kann. Das wissen alle und natürlich auch die Lausbuben; zualleroberst der Fritzl und der Franzl, die bravsten Ministranten.

Die Zeit ist da. Justl wird ganz unruhig, denn da ist ja auch noch etwas anderes. Etwas, was nur er weiß und nur er fühlt. Es ist die samtene Weiblichkeit eines heranreifenden Pfirsichs, die den guten Pfarrer Justl in diese Stimmung versetzt. Justl ist Mann genug, deshalb seinen Pfirsichbaum über alles zu lieben. Der Pfarrer liebt mit Demut und ist dankbar für jede Offenbarung der Liebe. Aber zurück zu seinem Baum. Gestern sind zwei Pfirsiche verschwunden. Spurlos verschwunden. Vom Erdboden verschluckt. Einfach weg. Nach strengstem Verhör muß die Köchin gestehen, daß sie sich nicht vorstellen kann, wohin die zwei Pfirsiche gekommen sind. Wahrscheinlich ein Lausbubenstreich. Was sonst? Aber wer ist der Dieb? Große Ratlosigkeit. Dabei sind in diesem Jahr zum Leidwesen von Hochwürden ohnehin nur sechs Stück zur Reife gelangt. Jetzt sind zwei weg, daher nur noch vier am Baum.

Heute ist Sonntag. Justl rüstet zur Messe und verläßt das Pfarrhaus. Da stürzt ihm die Frau Bauchinger nach: „Hochwürden, ich kann nichts dafür. Ich habe aufgepaßt wie eine

Haftlmacherin, aber plötzlich sind nur noch zwei Pfirsiche am Baum; also schon wieder zwei verschwunden!“ Dann hält die Köchin die Schürze vors Gesicht und eilt schluchzend ins Pfarrhaus zurück. Da kommt dem Pfarrer Justl der Franzl entgegen und grinst ihn mit einem Lausbubengesicht ohnegleichen an. Justl kombiniert blitzschnell: ‚Er hat die Pfirsiche gestohlen!‘ Hochwürden packt den Buben bei den Hosenträgern: „Die Pfirsiche, meine Pfirsiche hast Du mir genommen, Du Satansbraten!“

„Ich schwöre, Herr Pfarrer, daß ich sie nicht genommen habe!“

„Ja, wer denn, Du Nichtsnutz?“

„Ich weiß es, aber ich sage es nicht, auch wenn Ihr mich erschlagt, Herr Pfarrer!“

Justl stutzt. Plötzlich glaubt er dem Franzl; ja, er ist sich ganz sicher, daß dieser die Wahrheit gesagt hat. Außerdem gefällt ihm, daß der Franzl kein Verräter ist. Einen Augenblick steht der Pfarrer ganz ratlos da. Dann leuchtet es in seinem Gesicht pfiffig auf:

„Franzl, wenn Du mir auf die zwei letzten aufpaßt, nur zwei Tage, dann sind sie vollreif, darfst Du Dir selbst eine Belohnung aussuchen!“

Der Franzl willigt sofort ein. Der Justl gibt die Hosenträger, mit dem Franzl dran, frei und schreitet schmunzelnd und händereibend über seinen genialen Schachzug in die Kirche, zur Messe.

Zwei Tage später klopft der Franzl an die Tür des Pfarrhauses.

„Hochwürden, die Zeit des Aufpassens ist um und dort hängen unversehrt Ihre zwei letzten Pfirsiche!“

Justl strahlt wie die aufgehende Sonne, streicht sich seine Soutane an den Lenden glatt und spricht:

„Wie zugesagt, darfst Du Dir jetzt etwas wünschen, Franzl!"

Der Franzl hebt dem Pfarrer frech seine Nasenlöcher entgegen und verlangt als Belohnung für das Aufpassen sage und schreibe die zwei letzten Pfirsiche. Justl muß sich den Kopf mit beiden Händen halten, um seiner Bestürzung einigermaßen Herr zu werden. Tonlos sagt er zum Franzl ‚nimm sie'. Dann dreht er sich um und geht ins Pfarrhaus. Seine Niederlage lehrt ihn, daß es durchaus möglich ist, daß einem etwas genommen wird ohne daß es einem gestohlen wurde.

Aber der Franzl ist auch nicht glücklich. In seiner Bubenseele rumort es: „Was ist für ein Unterschied, wenn man, so wie der Fritzl, mit Risiko zwei Pfirsiche stiehlt, oder wenn man diese, so wie ich, dem Pfarrer abluchst?"

Dem Franzl brennen die Pfirsiche wie ein Judaslohn in den Fingern. Schließlich klopft er abermals am Pfarrhaus und bittend, mit belegter Stimme, sagt er: „Hochwürden, darf ich Ihnen einen davon schenken?"

Der Pfarrer steht da; er schaut den Franzl an und ein kleines Lächeln kommt in sein Gemüt. Dann nickt er und nimmt den ihm dargereichten Pfirsich. Frohgemut springt der Franzl davon. Die Köchin eilt besorgt herbei: „Was, um Himmelswillen hat der Rotzlöffel schon wieder wollen?"

Pfarrer Justl hat inzwischen in seinen Pfirsich hineingebissen. Schmatzend sagt er: „Frau Bauchinger, haben Sie gewußt, daß ein geschenkter Pfirsich noch zehnmal besser schmeckt als einer, auf den man bloß ein Recht hat?"

Der Tanz

Man darf auf keinen Fall sagen, daß das Dorf selten tanzt. Im Gegenteil, da gibt es außer zu Silvester den Feuerwehrball, die großen Tanzereien im Fasching, Damenkränzchen aller Art; ganz zu schweigen von den silbernen, goldenen und selbstverständlich grünen Hochzeiten. Also getanzt wird gar nicht selten im Dorf.

Selten ist nur, daß sich Leute wie die Krämer-Hanni auf den Tanzboden sehnen. Aber heute ist es so. Die alternde Hanni steht sinnend vor dem Spiegel. Immer wieder probiert sie eine andere Frisur, denn sie hat den festen Vorsatz, tanzen zu gehen. Ja, tanzen will sie heute abend, oben am Waldrand beim Sommernachtsfest; tanzen, bis die Fußsohlen brennen. Sie denkt zurück an ihre entfernten Mädchenjahre und Tränen überwältigender Sehnsucht steigen ihr in die Augen. Hinsinken, vor Erschöpfung hinsinken in den Armen ihres Tänzers möchte sie. Ja, einmal möchte sie das noch, bevor die Dämmerung des unausweichlichen Alterns über sie hereinbricht. Beim Zurechtmachen vor dem Spiegel spintisiert sie, ob wohl auch Leute aus der Stadt da sein werden? Zum Beispiel der Herr Assessor oder andere Honoratioren? Der Herr Assessor hat ihr ja vor vielen Jahren einmal sogar die Hand geküßt, erinnert sich die Hanni ganz genau. Beim Gedanken an diese Tatsache trägt sie sofort etwas mehr Rouge auf. Wer wird sie wohl heute zum Tanz holen? Stolz dreht sie ihre Hüften. ‚Mit jedem tanze ich nicht' – ist ihr Denken. ‚Zum Beispiel der lange Hannes, dieser Stockfisch, soll es ja nicht wagen, mich aufzufordern. Ich weiß es noch ganz genau, wie er mich vor zehn Jahren, als ich das letztemal tanzen war, so fest an sich gedrückt hat, daß ich fast das Atmen vergessen habe. Dieser Grobian, er soll nur kommen; einen Korb, einen riesigen Korb mit drei Henkel bekommt er. Da ist mir der Herr Assessor aus der Stadt schon lieber, der, der mir damals die Hand geküßt hat; der kann mit Damen umgehen!‘ Die Hanni kommt vor dem Spiegel ganz in Rage und tuscht sich nun auch noch die Wimpern. Der Spiegel zeigt eine angriffslustige, gleichzeitig aber auch stolze Hanni. Mit dem Vorsatz, keine Übergriffe zuzulassen, verläßt sie ihre Krämerei und begibt sich mit gemessenen Schritten durch die laue Nacht hinauf zum Waldrand, zum Sommernachtsfest.

Die Hanni nickt und grüßt nach allen Seiten ohne abzuwarten, ob ihr vorher zugenickt wurde. Hauptsächlich sind junge Leute da. Die wenigen Älteren denken sich: ‚Die Hanni will halt auch noch einmal zuschauen‘ und wenden sich wieder ihren Bierkrügen zu. Daß die Hanni im Sinne hat zu tanzen, daran denkt niemand. Sie setzt sich an den Rand einer langen Bank und bestellt Wein – vom Besten. Aber es gibt keinen Besten; nur eine Sorte rot oder weiß, bei solchen Anlässen.

Da sitzt sie nun, der Wein schwappt, weil Tisch und Bank wackeln. Die Hanni wundert sich, daß sich niemand zu ihr setzt. Sie hat sich doch ganz an den Rand gesetzt, um den Platz frei zu halten. Wo sind die Honoratioren? Niemand ist da. Kein Bürgermeister, kein Doktor Knapp, kein Schulmeister und Leute von der Stadt schon gar nicht. ‚Ja, zum Teufel, wo sind denn die richtigen Leute? Da sind ja nur junge Tuter, pritschnaß hinter den Ohren, versammelt!' – fährt sie den Kapellmeister an, – ebenfalls ein Grünschnabel ersten Ranges. Bald erfährt sie, daß heute die Jugend tanzt und das große Sommernachtsfest für alle erst morgen startet. Die Zornesröte steigt ihr auf; aber da sie nun schon einmal da ist, trinkt die Hanni heftig und schaut sich den Zirkus an. Ihr Zuschauen ist ein einziges Kopfschütteln: ‚Wie die tanzen! Das ist doch eine Schande, wie die jungen Leut tanzen! Also das hätte es früher nicht gegeben! Direkt schändlich, wie sie sich anfassen und sogar küssen während des Tanzes! Ja, weiß denn der Pfarrer Justl überhaupt nicht mehr, wo er einschreiten muß?' Die Hanni trinkt stürmisch und ihre Brust hebt und senkt sich drohend. ‚So eine blöde Hopserei' – räsoniert sie, und stürzt ein Viertel Wein mit hochrotem Gesicht fast in einem Zug hinunter.

Da sieht sie durch die Nebel ihres Unmutes plötzlich den langen Hannes zuschauend vorbeigehen. In einer absonderlichen Anwandlung und erhitzt durch den vielen Wein erhebt sich die Hanni und verlangt vom Kapellmeister, diesem Grünschnabel, eine ordentliche Polka. Dieser kann tatsächlich eine Polka spielen – aber die Jungen können diese nicht tanzen und dadurch bleibt die Tanzfläche leer. Das stört die Hanni nicht. Angriffslustig wie eine wildgewordene Hummel eilt sie auf den Hannes zu und schreit ihm ins Ohr: „Geh her da, wir tanzen jetzt!" Im ersten Moment ist der Hannes sehr verdutzt. Aber er erfangt sich erstaunlich schnell, faßt die Hanni um die Mitte, drückt sie, gerade so wie damals vor zehn Jahren, fest an sich und wirbelt mit ihr über die Bretter, daß es eine Freude ist. Die Hanni schaut in die Runde und sieht keine höhnischen Gesichter. Die jungen Leute sind viel zu viel mit sich selbst beschäftigt. Der Hannes tastet mit Vergnügen den Körper der Hanni ab und stellt fest, daß sie um etliches molliger geworden ist; aber er findet es sehr angenehm, mit ihr zu tanzen. Auch die Hanni ist glücklich. Sie genießt in vollen Zügen das seltsam Berauschende beim Tanzen mit dem langen Hannes. Außerdem stellt sie fest, daß der Hannes gar nicht so übel ist. ‚Eigentlich ist er ein richtiges Mannsbild, das weiß, was es will', denkt sie, und tanzt, wie ein reifes Weib tanzen kann und tanzen mag.

Die Hanni kennt sich selbst nicht mehr. Sie lockert den sonst so festen Griff um ihre Börse und läßt einen Liter nach dem anderen aufmarschieren und die jungen Leute hochleben. Die Krämer–Hanni pfeift auf den Assessor und überhaupt auf alle Honoratioren von Stadt und Land. Sie genießt die Tänze mit Hannes und weiß plötzlich, daß man das Leben eben nehmen muß, wie es kommt.

Die beiden sind die Letzten, die den Waldrand verlassen. Der Mond mit seinem vollen Gesicht ist längst über alle Giebel gewandert, als sich die Hanni vom langen Hannes verabschiedet. Er presst sie noch einmal stürmisch an sich und gibt ihr einen kernigen Kuß, den die Hanni mit großer Hingabe erwidert. Aber dann stößt sie den Hannes sanft zurück, weil sich das so gehört, und schließt das Haustor hinter sich ab. Der Hannes, die Fäuste tief in die Hosentaschen vergraben, geht glücklich heim und sagt vor sich hin: ‚Schau, schau, die Hanni. Nein, so was!'

Die Krämerin steht noch einmal kurz vor ihrem Spiegel und betrachtet sich: ‚Jaja, der Hannes, der weiß, was er will. Das ist etwas anderes als der Assessor, der einem nur die Hand küßt!' – Angekleidet, wie sie ist, sinkt die Hanni erschöpft auf ihr Bett. Bald darauf tragen die Schlafgeister sie fort.

Foto: Defner

Foto: Defner

Die verhängnisvollen Biskotten

Die Res ist eine der rechtschaffensten Personen im Dorfe. Sie ist Witwe. Ihr Mann ist im Krieg geblieben. Daher lebt sie in armen Verhältnissen und muß sehr aufpassen, daß sie über die Runden kommt.

Kurz nach Kriegsende. Alles ist knapp. Da bekommt die Res auf einmal eine Korrespondenzkarte aus Salzburg mit einer Einladung zu den Verwandten. Obwohl eine Einladung zu Verwandten normalerweise gefährlich ist, freut sich die einfache Frau, daß sie endlich wieder einmal wohin kommt. Seit Tagen malt sie ihrem Sohn Michael die Schönheiten der Stadt Salzburg aus.

„Weißt Du, Michael, da ist der Dom, so groß, daß ganze Pferdefuhrwerke drinnen umdrehen und herumfahren könnten, wenn sie wollten. Und dann ist die Festung, so hoch und gewaltig, daß Du nicht einmal mit den Augen hinaufgelangst. Da waren immer die Bischöfe oben und haben das ganze Land Salzburg regiert. Weißt du, Michael, Salzburg ist reich geworden durch das Salz; deshalb heißt ja die Stadt Salzburg. Salz ist schon immer etwas Kostbares gewesen, und deshalb sage ich immer zu Dir, du sollst mit dem Salz sparen, weil es teuer ist."

Kurzum, die Res ist in einer Hochstimmung wie schon lange nicht. Gottseidank hat sie in der Vorwoche beim Kirtag am letzten Tag beim Abverkauf einen Sack herrlicher

Biskotten um wenig Geld erstanden. Da kann sie davon eine ganze Schachtel voll herrichten zum Mitnehmen nach Salzburg, als Gastgeschenk, denn die Verwandten haben sechs Kinder.

Der Tag ist da. Die Res verläßt den Bahnhof von Salzburg und begibt sich durch die Straßen auf den Weg. Bei einer Bahnunterführung bleibt sie plötzlich stehen, zieht aus einer Tasche die Biskottenschachtel heraus und fordert ihren Sohn Michael auf, noch einmal kräftig zuzugreifen. Ein eisiger Wind faucht durch die Bahnunterführung. Dem Michael friert erbärmlich; aber er folgt seiner Mutter und ißt eine Biskotte nach der anderen. Nach völliger Sättigung sagt der Michael:

„Wollten wir die Biskotten nicht mitbringen?"

„Ja, das tun wir auch; es sind immer noch genug da. Wer weiß, ob wir dort ein ordentliches Nachtmahl bekommen; es sind ja so viele Kinder da. Weißt Du, Michael, man darf auch nicht zu viel verschenken!"

Nach einem langen Fußmarsch kommen die Res und der Michael endlich an ihr Ziel. Alle freuen sich über das Wiedersehen. Die Biskottenschachtel wird den Kindern übergeben und findet großen Anklang. Nach einem langen und aufgeregten Geschnatter werden die Gäste ins Wohnzimmer geführt und die Res schlägt die Hände über den Kopf zusammen, weil sie ganz überwältigt ist. Der Boden ist frisch ausgerieben, Kerzen brennen auf dem Tisch – wie bei einer Taufe.

Die Res sieht mit einem Blick, was da alles angerichtet ist. Aufgeschnittene Wurst, eingekerbte Radieschen, schwarzes und weißes Brot separat in einem Körbchen und verschiedenes andere auch noch. Die Res betrachtet anstandshalber noch die Bilder an der Wand, obwohl sie die schon kennt, bevor sie sich mit ihrem Michael zum Hinsetzen nötigen läßt. Ja, und da sitzen nun die beiden und haben die vollen Schüsseln vor sich. Immer wieder kommt die Aufforderung zum Zugreifen und die Res tut es auch nach angemessenem Zögern, aber auch mit einer gewissen Beschämung, wenn sie an die Biskotten in der Bahnunterführung denkt. Der Michael hat halt gar keine Lust zum Essen. Die Res kaut mit vollen Backen und ärgert sich zwischendurch, daß ihr Bub nichts ißt, wo er doch sonst immer voller Hunger ist.

Später, nachdem der Tisch abgeräumt ist und gerade niemand zuhört, sagt die Res zum Michael: „Warum hast Du Bengel nichts gegessen? So gute Sachen kann ich Dir ein ganzes Jahr nicht hinstellen!"

„Ja, Mama, weißt Du, ich habe wirklich nichts essen können; ich bin so satt von den vielen Biskotten!"

Wochenmarkt

Jaja, jeden Dienstag ist der Wochenmarkt in der Stadt. Den gibt es, soweit die Leute zurückdenken können. Der Wochenmarkt ist das beste Bindeglied zwischen der Landbevölkerung und den Stadtleuten. Von der Versorgung her wäre er längst nicht mehr nötig, denn in den Geschäften gibt es täglich ebenso alles, was man braucht. Aber der Markt ist halt der Markt. Er ist eine Drehscheibe für Stadt und Land, für jung und alt. Nirgends pulsiert das Leben so kräftig wie am wöchentlichen Markt. Sich treffen und schnattern ist ja genauso wichtig wie das tägliche Brot. Und nirgends kann man das so unverbindlich wie am Markt, wo man sich zufällig trifft. Marktbesucher und Marktfieranten hängen mit gleicher Leidenschaft an ihrem Markt. Da gibt es so manche alte Bäuerin, die eine ganze Woche gichtgeplagt hinter dem Ofen sitzen muß; aber wenn der Dienstag da ist, erhebt sie sich mit einem schier unerklärlichen Impuls, hebt die Nester aus und trägt die frischen Eier in die Stadt zu ihren gnädigen Frauen, wobei es nicht selten vorkommt, daß sie die Gnädige ist, wenn ihre Eier zu knapp werden.

Heute ist wieder so ein Tag. Der Flickschuster Matthias ist, der alte Bismarck hat ihn auf seinem Steyrerwagerl aufsitzen lassen, schon sehr früh am Morgen in die Stadt gekommen. Er kann nichts dafür, daß er schon so bald da ist; deshalb begibt er sich sofort in den „Schwan“ und bestellt sich eine Weißwurst mit vorerst einmal einer Halben Bier. Vergnügt schaut der Flickschuster Matthias auf den See hinaus und natürlich auch auf den Rathausplatz, wo bereits Bewegung aufkommt. Bei der zweiten Halben denkt er kurz an seine resolute Frau Rosa und stellt mit Entsetzen fest, daß er den Zettel verloren hat, auf den Rosa alles aufgeschrieben hat, was er vom Wochenmarkt heimbringen muß. Überall sucht Matthias den Zettel; er findet ihn nicht. Auswendig kann er sich an nichts erinnern. In seiner Verzweiflung und zur leichteren Niederkämpfung der aufkommenden Schuldgefühle entschließt sich der Flickschuster sicherheitshalber zu einer dritten Halben Bier. „Das ist das Gescheiteste in einer so verzwickten Situation!“, sagt er sich.

Endlich verläßt der Matthias den „Schwan“ und begibt sich auf den Rathausplatz hinaus. Normalerweise raucht er seinen billigen Eigenbau. Aber heute zündet er sich zur Feier des Tages eine mordslange Virginier an und schaut recht erstaunt, wie ein Maulwurf, der das erstemal das Tageslicht erblickt, dem blauen Rauch der Zigarre nach. Da tauchen plötzlich dort und da bekannte Gesichter aus seinem Dorf auf, die selbstverständlich auch auf den Wochenmarkt gekommen sind. Der Matthias hat drei Halbe Bier im Bauch und ist daher mutiger als sonst. Einzelne Leute, die seine Rosa ebensogut kennen wie er selbst, fragt er, was seine Frau wohl brauchen könnte, weil er den besagten Zettel verloren hat. Da werden ihm lachend die kuriosesten Dinge vorgeschlagen. Vom Fliegenfänger angefangen bis zur Waschrumpel ist alles drinnen. Schließlich entscheidet sich der gute Matthias, zwecks klaren Sehens bei der Auswahl, vorher noch zu einer vierten Halben. Aber dann kauft er kurzentschlossen eine Mausefalle, einen Büstenhalter in der Größe für eine Siebzehnjährige, kleine affektierte Prinzesskarotten, einen fürchterlich langen Rettich, eine fleischfarbene Kombinesch, einige exotische Sämereien, einen lächerlich kleinen Fingerhut, noch andere Dinge und schließlich noch ein Kilo mauliger Pfirsiche, weil die Standlerin gesagt hat, die weichsten sind die besten. Beladen mit einem riesigen Sack und zufrieden schmunzelnd erwischt der Matthias gerade noch den alten Bismarck, der ihn wieder aufsitzen läßt. Gemütlich geht es heimwärts.

Bald nickt der Flickschuster ein und träumt von seiner Rosa, wie sie ihn strahlend empfängt und sich über die schönen Sachen freut. Plötzlich gibt es einen Ruck, der ihn aus seinen Träumen reißt. Erschrocken schaut der Matthias den alten Bismarck an. Dieser sagt gutmütig: „Steig ab, wir sind da!"

Unsicheren Schrittes und von einem aufkommenden Schluckauf gequält, geht der Flickschuster seiner Haustür zu. Dort steht die Rosa, gefährlich ruhig:

„Bist Du jetzt endlich da? Entweder wird der Fuchsl vom alten Bismarck immer langsamer, oder man muß sich jetzt ums Bier schon anstellen beim „Schwan"! Irgendwas stimmt da nicht, sonst müßtest Du längst da sein! Gib den Sack her!"

Die Rosa nimmt ihrem Mann den Sack aus der Hand und sucht vergeblich nach den Steckzwiebeln, die sie ihm aufgetragen hat. Auch die Salatpflanzeln findet sie nicht. Dafür hält sie den kleinen Büstenhalter und die fleischfarbene Kombinesch links und rechts in Händen und fragt mit einer unmöglich wiederzugebenden Miene: „Was ist das?"

Der Matthias steht da, der Frühlingswind läßt ihm seine zu weite Hose um die Beine flattern, und er gähnt fürchterlich.

„Rosa, was hast Du gesagt?"

„Du Rinderkopf! Eines sage mir zumindest noch schnell, bevor ich Dich ins Bett jage, Deinen Rausch auszuschlafen: Hat Dich beim Kauf dieser schamlosen Dinge jemand beobachtet?"

„Nein, Rosa, ich schwöre es; kein Mensch, seien es nun Weiße, Neger oder Indianer etcetera, etcetera....!"

„Schweig und verschwinde!" – Bald darauf hört man von der Bettstatt des Flickschusters her ein Schnarchen, als ob zehn Walrösser gleichzeitig zum Luftholen auftauchten.

Die Rosa steht vor dem Spiegel. Vorher hat sie das Haustor abgeschlossen. Vorsichtig probiert sie die Kombinesch – und siehe, die paßt sogar. Die Gesichtszüge der Rosa werden etwas heller. Den kleinen Büstenhalter hält sie kurz an ihre welke Brust und wirft ihn sofort von sich.

„Aber die Kombinesch paßt!", richtet sich die Rosa stolz auf. Sie steht noch lange vor dem Spiegel und denkt. – Sie muß schauderlich viel denken. Zum Beispiel möchte sie um alles in der Welt wissen, wie es zum Kauf dieser absurden Dinge gekommen ist. Wurde all dies dem Matthias in seinem Rausch von geschäftstüchtigen Standlerinnen aufgeschwatzt? Es könnte durchaus so sein, denn wozu auch dieser läppische Fingerhut und die ausländischen Sämereien? Die Rosa ist inzwischen ins Schlafzimmer gegangen und setzt sich in ihrer fleischfarbenen Kombinesch aufs Bett zum schnarchenden Matthias. Sie setzt ihre Gedanken fort. – „Oder hat er gar an irgend ein Weibsbild dabei gedacht, dieser Haderwachl?!“

Eine Zornesröte steigt der Rosa ins Antlitz. Da wird der Matthias wach. Aber er erkennt blitzschnell die gefährliche Situation und schnarcht sofort weiter. Der Rosa, die man sonst nie täuschen kann, entgeht durch ihre Aufgebrachtheit der Übergang vom wirklichen in den gestellten Schlaf. Plötzlich, wie durch eine Eingebung von oben – vielleicht hat ihm Amor selbst die Lippen bewegt – unterbricht der Matthias kurz sein Schnarchen und sagt ganz deutlich „Rooosa!“ – Dann noch ein kleines Nachhauchen, ehe wieder ein fürchterliches Schnarchen anhebt.

Die resolute Rosa richtet sich auf, mächtiger als einst Brunhild, und ein unbeschreiblicher Triumph sprüht aus ihren Augen. „An mich hat er gedacht beim Kauf dieser Sachen! Im Traum lügt man nicht! Der Matthias ist ein Mann! Und was für ein Mann! Ein richtiger Mann ist mein Matthias! Wer im Dorf hat so einen Mann?!“

Die Rosa geht leise aus dem Zimmer, um den wohlverdienten Schlaf ihres Mannes nicht zu stören. Aber dann bleibt sie nochmals stehen, denn sie muß wiederum denken; so arg, daß sie davon fast Kopfweh bekommt:

„Nunja, eigentlich ist das im Traum hingehauchte Wort ‚Rooosa‘ doch zu wenig, um davon froh zu werden; aber wir Frauen sind ja auch zwiespältig. Zum einen fordern wir unsere Männer heraus, Helden zu sein und zum anderen sind wir dann enttäuscht, wenn sie es nicht sind. Ich glaube, es bleibt sozusagen quasi doch nur das gegenseitige Verzeihen übrig, wenn Mann und Frau miteinander auskommen wollen.“